प्रेम-रोग

तथा अन्य कहानियाँ

प्रेम-रोग

तथा अन्य कहानियाँ

कामना चन्द्रा

वाणी प्रकाशन

वाणी प्रकाशन

4695, 21-ए, दरियागंज, नयी दिल्ली 110 002

फ़ोन : +91 11 23273167 फ़ैक्स : +91 11 23275710

शाखाएँ

अशोक राजपथ, पटना 800 004, बिहार

कॉफ़ी हाउस कैम्पस, महात्मा गांधी मार्ग, इलाहाबाद 211 001, उत्तर प्रदेश

महात्मा गांधी अन्तरराष्ट्रीय हिन्दी विश्वविद्यालय, वर्धा 442 001, महाराष्ट्र

www.vaniprakashan.com
marketing@vaniprakashan.in
sales@vaniprakashan.in

Prem-Rog Tatha Anya Kahaniyan
by Kamna Chandra

ISBN : 978-93-5518-577-8
Collection of Stories

प्रथम संस्करण 2022

मूल्य : ₹ 395

आर. टेक ऑफ़सेट प्रिंटर्स, दिल्ली-110032 में मुद्रित

वाणी प्रकाशन का लोगो मक़बूल फ़िदा हुसेन की कूची से

आदरणीय राज जी

और

मिलन

की स्मृति में

ज्ञापन

"जीवन के अन्तिम पड़ाव में अपनी कहानियों का नया संस्करण छपते देखने का जो सुअवसर मुझे मिला है, उसके लिए मैं वाणी प्रकाशन और अदिति जी की आभारी हूँ। उन्हें अनेक धन्यवाद और शुभकामनाएँ। लेखक और पाठकों को जोड़ने वाली स्वर्णिम कड़ी है प्रकाशन, आप लेखकों का मार्ग प्रशस्त करते रहेंगे, तभी उनकी कला को उड़ान मिलेगी। हिन्दी, संस्कृत साहित्य का सूर्य पूरे विश्व में अपना प्रकाश फैलाता रहेगा—ऐसी मेरी आशा और विश्वास है।"

कामना चन्द्रा

अनुक्रम

प्रेम-रोग

रामनगर के ठाकुरों की हवेली अपनी ऊँचाई और ख़ूबसूरती के लिए आसपास के इलाक़े में मशहूर है। किसी ज़माने में ठाकुरों के पूर्वजों ने इस हवेली को अपनी आन-बान और शान के अनुरूप ही बनवाया था। एक ज़माना गुज़र गया पर वह आज भी वैसे ही सिर ऊँचा किये खड़ी है। न ही इस हवेली का बँटवारा हुआ है, क्योंकि इसमें रहने वाले दो परिवारों का प्यार अटूट है। बड़े भाई ब्रिजसिंह, उनकी पत्नी और दो बच्चे–विक्रम तथा तारा, छोटे भाई वीरसिंह, उनकी पत्नी और इकलौती बेटी रमा एक-दूसरे पर जान देते हैं। गाँववाले जब इस परिवार की बात करते हैं तो कहते हैं, "कलयुग के राम-लक्ष्मण हैं, बड़े ठाकुर मरते बखत छोटे बेटे का हाथ बड़े भाई को पकड़ा गये थे सो बेटे की तरह ही समझा है उन्होंने। वाह, भाई हो तो ऐसा।" बड़ी ठकुराइन जिन्हें सब लोग 'बड़ी माँ' कहते हैं, थोड़े सख़्त स्वभाव की हैं। सब उनकी डाँट-डपट से डरते हैं। घर में उनका एकछत्र राज्य है, पर अन्दर से वह उतनी ही कोमल और लाड़-प्यार वाली हैं। छोटी ठकुराइन 'छोटी माँ' के नाम से पुकारी जाती हैं। स्वभाव की हँसमुख बनाव-शृंगार की शौक़ीन। जिठानी को बड़ी बहन से ज़्यादा मानती हैं और सब कुछ उन्हीं पर सौंपकर हँसी-ठिठोली में मस्त रहती हैं। बड़े ठाकुर का बेटा विक्रम तेरह साल पूरे कर चुका है और बेटी तारा आठ की होने वाली है। दोनों की शैतानियों से घर भर की नाक में दम रहता है। छोटे ठाकुर की बेटी मनोरमा दस साल की है और इतनी सिर चढ़ी कि जो ठान लेती है, करके छोड़ती है।

गाँव के पुराने शिव मन्दिर के बाहर बनी कोठरी में जो एक दूसरा परिवार रहता है, वह है मन्दिर के पुजारी पण्डित दयाराम का। यह मन्दिर ठाकुरों के वंशजों ने बनवाया था इसलिए दोनों भाइयों की इस मन्दिर और उसके पुजारी पर विशेष कृपा-दृष्टि है। इन्हीं की दान-दक्षिणा पर पण्डित जी किसी तरह अपने परिवार का पालन-पोषण करते हैं। पण्डित जी की सबसे बड़ी बेटी राधा जो स्कूल में मनोरमा के साथ पढ़ती है, बड़ी ज़बानज़ोर और मस्तराम है। वह मनोरमा की सहेली है, जब मनोरमा और तारा घोड़े ताँगे में बैठकर स्कूल जाती हैं तो पण्डित की बेटी मन्दिर के बाहर बगल में किताबों का थैला दबाये उनकी राह देखती है, भले ही दो मील उल्टा चक्कर लगाना पड़े। मनोरमा राधा को लिए बिना स्कूल नहीं जायेगी, यह बात राईस रामराज पाल भी अच्छी तरह जान गया है इसलिए घोड़ों को हण्टर जमाते हुए कहता है, ''चलो यारों दौड़ लो, यहीं देर हो गयी तो पण्डित की अम्मा की डॉट खानी पड़ेगी। वाह रमा बिटिया, तुम्हारी सहेली का भी जवाब नहीं।'' एक दिन जब ठाकुरों के बच्चों को घर पर पढ़ाने के लिए मास्टर की तलाश हो रही थी तो राधा ने सुझाव दिया, ''देख रमा, बड़ी माँ से कहकर मेरे बापू को मास्टर रखवा दे। फिर उनके साथ में भी रोज़ तेरे घर आकर मज़े से खेला करूँगी। मेरे बापू तुम सबसे इतना डरते हैं कि तुम लोगों को न कभी मारेंगे, न डाँटेंगे। स्कूल की मास्टरनी को पढ़ाने बुलाया तो मार-मारकर तुम्हारा हलवा बना देगी। देखा नहीं, पढ़ाते वक़्त कैसी आँखें निकालती है।''

घर आकर मनोरमा साफ़-साफ़ कह देती है कि अगर वह पढ़ेगी तो बस पुजारी काका से। विक्रम और तारा भी उसकी हाँ में हाँ मिलाते हैं। उधर राधा पुजारी के सामने अपनी शर्तें रखती है, उसकी सहेली ने उनकी नौकरी लगवाई है, उसे साथ नहीं ले गये तो रमा उनसे नहीं पढ़ेगी।

''हाँ-हाँ, सारा दिन ऐसे ही मुँह उठाये घूमती फिर, घर के काम-काज में माँ का हाथ बँटायेगी तो दुबली जो हो जायेगी!'' पण्डिताइन कुढ़कर कहती है।

"अरी चुप रह, प्रेमवती!" पण्डित जी समझाते हैं, "इस घर में राधा का और उस घर में रमा का राज है। इसने उसके कान भर दिये तो नौकरी हाथ से निकल जायेगी। बीस-तीस रुपये का सहारा हो जायेगा और खाने को मिलेगा सो अलग। चल मेरी दादी आगे-आगे चल, मैं पीछे-पीछे हूँ।"

राधा और पण्डित हवेली पहुँचते हैं। उन्हें देखकर बड़ी माँ कहती हैं, "पण्डित जी, यह बच्चे बड़े शैतान हैं, इन्हें सँभाल सकोगे?"

"अजी, अपने घर क्या बच्चों की कमी है। आपकी दया से चार-चार को सँभाल ही रहा हूँ और सबसे बड़ी बात तो यह है ठकुराइन कि बच्चों के मन में बचपन से ही भक्तिभाव जागना चाहिए, पढ़ाई के साथ-साथ भगवत्-भजन मेरी तरह और कौन सिखा सकता है?"

"यह तो सोलह आने सच है पण्डित जी, इन्हें रामायण-गीता सब का पाठ पढ़ाना।"

"बेफिकर रहो, बाजे पर ऐसी रामायण गाना सिखाऊँगा कि सुनने वाला राम जी के पास पहुँच जाये।"

"सुनने वाला मर जायेगा क्या?" राधा टोकती है।

"चुप रह बेअकल, मैं कह रहा था साक्षात् राम के दर्शन हो जायेंगे।"

उस दिन से रोज़ पण्डित जी हवेली पर बच्चों को पढ़ाने आने लगते हैं। राधा उनके साथ आती है, पढ़ाई का समय स्कूल के बाद दोपहर के दो बजे से चार बजे तक है। यह समय सबके अनुकूल है, घर के सब लोग खा-पीकर आराम करना चाहते हैं इसलिए ख़ुश हैं कि पण्डित जी बच्चों को घेर-घारकर पढ़ा भी देते हैं और घरवाले इनकी शैतानियों से बचे भी रहते हैं। राधा ख़ुश है क्योंकि अब उसे स्कूल से घर नहीं जाना पड़ता। वह मनोरमा के साथ ही हवेली आ जाती है और उसी के साथ खा-पीकर पढ़ने को तैयार हो जाती है। पण्डित जी ख़ुश हैं क्योंकि दोपहर का खाना खाकर वह सीधे हवेली पहुँचते हैं और बच्चों को दस-पन्द्रह मिनट पढ़ाकर दो-चार चौपाई और पहाड़े याद करने को दे देते हैं। सिर पर घूमते हुए पंखे की तरफ़ ललचाई निगाहों से देखते हैं और

थोड़ी ही देर में जमुहाई लेकर खर्राटे भरने लगते हैं। बच्चे खुश हैं क्योंकि तीनों सहेली दोपहरी भर गुड़ियों से खेलती हैं और विक्रम गिल्ली-डण्डा लेकर चुपचाप बाहर निकल जाता है। ठीक चार बजे पण्डित जी उठा दिये जाते हैं। क्योंकि बड़ी माँ सोकर उठ जाती हैं और आकर देखती हैं, पढ़ाई कैसी चल रही है। देखकर प्रसन्न हो उठती हैं–गुरु और शिष्यगण दुनिया से बेख़बर ज्ञान-अर्जन में व्यस्त हैं। पण्डित जी और बेटी राधा ठण्डा शर्बत पीकर अपनी राह पकड़ते हैं।

"वाह-वाह, कैसी बढ़िया दोपहरी कटी! अपनी कालकोठरी में तो आग बरस रही होगी। राधा बिटिया, तू है बड़ी अकलमन्द, बाप को कैसा सुख दे रही है। चल, अब प्रेमवती की गालियाँ सुनने को तैयार हो जा, भरी बैठी होगी... नाम है इनका प्रेमवती, प्रेम करना जानै नाय!"

राधा हँसकर पिता से अपने थैले के अन्दर झाँकने को कहती है जिस में किसी दिन केला, किसी दिन अमरूद और किसी दिन मिठाई, जो मनोरमा घरवालों से छिपाकर चुपके से डाल देती है, "रमा ने दिया है।"

"बस बस, काम बन गया। उन तीनों भूतों को दे देना। प्रेमवती आप ही ठण्डी पड़ जायेगी।"

मनोरमा की दी हुई इस प्रेम-भेंट को घर ले जाकर किसी दिन प्रेमवती का क्रोध शान्त कर देते हैं तो किसी दिन राधा कहती है, "बापू, आज बड़ी बढ़िया मिठाई है। रमा ने, जब तुम सो रहे थे, बड़ी मुश्किल से बड़ी माँ की अलमारी में से निकालकर दी है। चलो, यहीं कुएँ पर बैठ कर खा लेते हैं। फिर घर चलेंगे।"

मिठाई का रंग-रूप देखकर पण्डित जी के मुँह में पानी आ जाता है। दोनों बाप-बेटी मिठाई खाकर हँसते हुए घर पहुँचते हैं तो तीनों बेटे उन पर भूखे गिद्धों की तरह टूट पड़ते हैं और प्रेमवती चीख़ती है, "आ गये बाप-बेटी घूमघामकर? अब पकाओ और खाओ। इन तीनों से दोपहरी भर सिर मारा है, अब मेरे बस की नहीं फुलके पकाने।" पण्डित और बेटी एक-दूसरे की तरफ़ देखते हैं और पण्डित के मुँह से निकलता है, "नाम है इनका प्रेमवती।"

इसी बीच दशहरे के दिनों में पण्डित जी बच्चों को रामलीला करने की सलाह देते हैं, विक्रम रावण बनता है, रमा सीता और तारा को लड़कों के कपड़े पहनाकर लक्ष्मण बना दिया जाता है, राधा को शूर्पणखा बनना पसन्द है ताकि ख़ूब उछल-कूद मचा सके। अब समस्या है राम और हनुमान की, सो पड़ोस की रामप्यारी बुआ का लड़का राम और राधा का छोटा भाई प्यारे जिसे सदा जुकाम हुआ रहता है, इस रोल के लिए चुन लिए जाते हैं। बाक़ी सब छोटे बच्चे वानर सेना बनकर धमा-चौकड़ी मचायेंगे। छोटी माँ की साड़ियों, ठाकुर की धोतियों और घर की चादरों से सब तो हो जायेगा पर रावण की मूँछें कहाँ से आयेंगी? बिना मूँछों के रावण क्या जँचेगा? सब बच्चे परेशान हैं। कुछ भी हो, मूँछों का इन्तज़ाम तो करना ही होगा। तभी एक शाम को मन्दिर की आरती के बाद पुजारी जी बड़बड़ाते हुए घर पहुँचते हैं, "लोगों में भक्ति-भावना है ही नहीं। राम नाम पर चढ़ाने में इनकी नानी मरती है। प्रसाद लेने आ गये पचासों और चढ़ावा आया है दो रुपये में बीस पैसे कम, धन्य हो प्रभु!"

"क्यों पण्डित, काहे को गरम हो रहे हो?" गाँव के पण्डित लालबिहारी और उनकी पत्नी कोठरी के बाहर खड़े थे।

"अजी, गरम काहे को होने लगे, दुनिया से धरम-करम उड़ गया इसी का रोना रो रहा था।"

"तो पण्डित, हमारा वर्षफल तैयार किया या नहीं?"

"सो तो हमारा काम है, सारी रात बैठकर यही काम किया है। पर भैया, एक बात बताओ, यह तुम्हारी जन्मपत्री किसी विद्वान की बनायी हुई है या यूँ ही किसी ऐरे-ग़ैरे की?"

"अरे, क्या बोल रहे हो, पण्डित? जिस पण्डित ने यह जन्मपत्री बनायी, सारे इलाक़े में मशहूर था। मेरे पिताजी ऐसे-वैसों के पास जाते ही नहीं थे।"

"तो फिर भैया, बात छिपानी मुश्किल है।"

"क्या हुआ, पण्डित जी?" दोनों जने व्याकुल हो उठते हैं।

"अरे क्या बताऊँ, आधी रात तक तुम्हारा वर्षफल बनाया और आधी रात चिन्ता में काट दी, नींद ही नहीं आयी। अब तुम ठहरे अपने पुराने यार, दुख क्यों न हो?"

"पण्डित, ज़्यादा पहेली बुझाने की ज़रूरत नहीं, साफ़-साफ़ कहो—आसमान टूट पड़ा या ज़मीन फट गयी!"

"तुम्हारे लिए तो ये ही समझो"

"हैं!"

"हाँ भैया, यही समझ लो, बड़ी कड़ी दशा है तुम पर शनि की। अब तक तो मंगल और बुध ने बचा लिया पर अब तो हर तरफ़ से शनि ने घेर रखा है, यह साल कटना मुश्किल ही समझो।"

लाल बिहारी और उनकी घरवाली का मुँह फक। "क्या मतलब?"

"मतलब साफ़ है, शनि की दशा, अच्छे-अच्छों को नहीं छोड़ती, आती है, तो संग लेके ही जाती है।"

"हाय राम, पर इसका कोई उपाय भी तो होगा, पण्डित जी?"

"उपाय क्यों नहीं है, अपने शास्त्रों में ऐसी कौन चीज़ है जिसका उपाय नहीं! हमने इतने पोथी-पत्रे बेकार थोड़े ही पढ़े हैं। पर भैया, बड़ा कठिन उपाय है, कर पाओगे? भाभी राजी होगी?"

"क्यों नहीं, पण्डित जी?" भाभी गिड़गिड़ाकर कहती है, "जो कहोगे सब करेंगे पर किसी तरह इस शनि देवता को टालो।"

"तो भाभी, उपाय यही है कि तुम्हारी उमर में से दस-पन्द्रह साल काटकर इनकी उमर में डाल दिये जायें, इसके सिवाय जान बचाने का कोई उपाय नहीं।"

"ऐं?" दोनों के मुँह से निकल पड़ता है, "ऐसा हो सकता है? कौन उमर काटकर डालेगा?"

"अरे भैया, हम काहे के लिए मन्दिर में बैठे हैं? अकल पर ज़रा ज़ोर डालो... भगवान ने क्या हमें बिना बात धरती पर उतारा है! अरे, हमारा जन्म हो भगवान की सेवा और लोगों की भलाई के लिए हुआ है।"

"तो पण्डित, देर काहे की? आज ही इसकी उमर में से दस-पन्द्रह साल काटकर मेरी में डाल दो। शनि का क्या भरोसा, न जाने कब गर्दन दबोच ले।"

"आराम से भाई, आराम से। यह काम बड़े कठिन और जोखि़म वाले होते हैं। कोई गुड़ का गस्सा थोड़े ही है कि मुँह खोला और डकार गये। अरे, रात-रात भर मुझे महामन्त्र का जाप करना पड़ेगा। पूरी रात देसी घी का दीया जलेगा। सामग्री, धूप, प्रसाद सब इकट्ठा करना होगा। तब कहीं जाकर उमर की अदला-बदली होगी। तुम्हारी ख़ातिर अपनी जान ख़तरे में डाल रहा हूँ, यह किसी मामूली पण्डित का काम नहीं है। अरे, शनि महाराज बिगड़ गये तो मेरा गला ही मरोड़ डालेंगे। सोच लो, मैं तो अपनी जान जोखि़म में डाल दूँगा पर ख़र्चा तुम्हीं को करना होगा। मेरे पास होते तो मैं ही लगा देता पर तुम्हें तो पता है।..."

"अरे पण्डित, तुम रुपये की चिन्ता मत करो। हमीं इन्तज़ाम करेंगे। बोलो, कितना लगेगा?"

"देखो भई, कहा ना बड़ा कठिन काम है। मैं अपनी मेहनत का कुछ नहीं लूँगा पर पूजा-घी-सामग्री-वस्त्र-चढ़ावा इन सब के लिए डेढ़-दो सौ की ज़रूरत तो पड़ेगी।"

"हे भगवान, इतना ख़र्चा?"

"तो मत कराओ भैया, यहाँ कौन ज़बरदस्ती कर रहा है... मुझे भी अपनी जान प्यारी है।"

"यह मतलब नहीं था पण्डित, पर इतने रुपये एक साथ...'

"अरे, तो कौन एक साथ माँग रहा है तुमसे? क्या पूजा-पाठ और उमर-बदली एक दिन में हो जायेगी? कुछ सोचो, अकल से काम लो। शनि महाराज की दिशा एक दिन में बदलने वाला पण्डित मुझे दिखा दो तो मूँछ मुँडवा दूँगा!"

राधा, जो अब तक इस वार्तालाप को बड़े गौर से सुन रही है, मूँछों के नाम पर चौकन्नी होकर अपने पिता की मूँछों को लालच भरी निगाहों से देखती है जो काफ़ी लम्बी हैं।

"लो पण्डित, यह पच्चीस अभी रखो और आज से ही पूजा-पाठ शुरू कर दो, बाक़ी धीरे-धीरे दे जाऊँगा।"

"कोई हर्ज़ नहीं... तुम पैसों का इन्तज़ाम करो, हम अपना काम शुरू करते हैं। जाओ, सब चिन्ता इस पण्डित पर छोड़कर आराम की नींद सोओ।"

"आराम की नींद? अरे पण्डित, तुमने तो जी को ऐसी फिकर लगा दी कि अब तो जब इसकी उमर कटकर मेरी में जुड़ जायेगी तभी चैन आयेगा... अच्छा, तो चलूँ!"

थोड़ी दूर जाकर लाल बिहारी अपनी पत्नी से कहते हैं, "एक ज़रूरी बात कहनी है। तू यहीं खड़ी रह, मैं अभी आया।" दौड़कर वापस जाकर पण्डित के कान में धीरे-से कहते हैं, "पण्डित, जब उमर इधर की उधर कर ही रहे हो तो लगे हाथों पच्चीस-तीस मेरी तरफ़ डाल दो। यह औरत जात है, ज़्यादा जीकर क्या करेगी... लो, यह पाँच का नोट और रख लो।"

"बेफिकर रहो भैया, मुझे सब ख़याल रहेगा।" पण्डित फुसफुसाकर जवाब देते हैं।

लाल बिहारी की पत्नी, जो अब तक चिन्ता में डूबी खड़ी थी, पति के वापस आने पर कहती है, "तुम एक मिनट यहाँ खड़े रहो, मैं पण्डित जी से पूरनमासी की कथा के लिए कह आऊँ।" पास जाकर पण्डित के कान में फूँकती है, "पण्डित जी, ज़रा सोच-समझकर उमर इधर-उधर करना। कभी सबकी सब उधर ही डाल दो और शनि देवता मुझे ही तोड़ ले जायें। यह लो दो रुपये।"

"अरे भाभी, मुझे क्या बेवकूफ़ समझ रखा है? इस हिसाब से उमर काटूँगा कि तुम बिहारी से बस महीने-पन्द्रह दिन पहले चल बसो। तुम नहीं होगी तो वही उमर लेकर क्या करेगा। लगता है तुमने वह कहावत नहीं सुनी–'मैं और मेरो पुरुस औरन के मुँह भुरुस'।"

भाभी खुश होकर चली जाती है और प्रेमवती कुढ़कर कहती है, "क्यों दुनिया को उल्लू बना रहे हो?"

"बस, यहीं तो आदमी मार खा जाता है, दुनिया मुझे पढ़ा-लिखा विद्वान समझती है और ये कहती है, मैं दुनिया को उल्लू बना रहा हूँ।"

"तुम ऐसे ही ज्ञानी होते तो घर बैठे पुजते। ऐसे उमर काट के तुम्हें डालना आता तुम कब की मेरी सारी उमर काटकर अपनी में डाल चुके होते।"

"अरी मूर्ख, तेरी उमर अपनी में डाल लूँगा तो इन बालक-बच्चों को कौन सँभालेगा–तेरी अम्मा?"

"ख़बरदार, जो मेरी अम्मा का नाम लिया... पलटन तुम बढ़ाओ और देखेगी मेरी अम्मा...'

"बस, उतर आयी अपनी-सी पर... लग गयी ज़बान लड़ाने! अरी भागवान, कभी तो प्यार से बात किया कर... माँ ने नाम रखा है प्रेमवती। अरी, जो करता हूँ, तेरे लिए, बच्चों के लिए... तू क्यों बीच में टाँग अड़ा रही है... एक की उमर काटकर दूसरे में डाल दी और वे दोनों खुश हैं तो उनका भी काम बन गया और अपना भी।"

ये सब बातचीत राधा ने बड़े ग़ौर से सुनी है। इसका एक-एक वाक्य उसके दिमाग़ पर उतर गया है... सोते वक़्त उसे दो ही शब्द याद हैं–'मूँछें' और 'कटवा दूँगा', जिसके बिना विक्रम भैया रावण का पार्ट अदा करने को तैयार नहीं हैं। अगले दिन पण्डित के आने के पहले ही बच्चे खुसुर-फुसुर करके उनकी मूँछों की प्राप्ति के लिए अपना षड्यन्त्र तैयार कर लेते हैं और राधा जब देखती है कि पिता की निगाहें पैसे पर थमी हैं तो बड़े प्यार से कहती है, "बापू, सिर दबा दूँ?"

"जीती रह, बेटी...ज़रा देर दबा दे, जब सो जाऊँ तो पढ़ाई शुरू कर देना... रात भर महामन्त्र का जाप किया है, सिर ज़रा भारी हो रहा है... मनोरमा बेटी, ध्यान से पढ़ना, तेरे भाई के लिए ही जाप कर रहा हूँ।"

"कब आयेगा?"

"इस साल ही समझो... बस प्रभु की कृपादृष्टि चाहिए।"

पण्डित जी पाँच मिनट में ही ख़र्राटे भरने लगते हैं और तब मनोरमा वह पतली-सी कैंची निकालती है जो उसने बड़ी माँ की सिलाई की

टोकरी से निकाली थी। राधा ने पण्डित का सिर कसकर दबा रखा है, रमा धीरे-से यह पतली कैंची मूँछों में फँसाकर कच्च से दबा देती है... पण्डित की आधी से ज़्यादा मूँछ कटकर ज़मीन पर जा पड़ती है और वह हाहाकार करते हुए उठ बैठते हैं, "अरे कमबख़्तो, क्या कर डाला, भगवान तुम्हें गारत करे।"

उनका रोना-चिल्लाना सुनकर सारा घर दौड़ पड़ता है। आधी कटी मूँछें देखकर किसी की हँसी नहीं रुकती... बड़ी माँ आँचल से मुँह ढाँपकर कहती हैं–

"पण्डित, अपनी ज़बान को लगाम दो... अब गाली देने से क्या मूँछें जुड़ जायेंगी... अब बच्चे ठहरे..."

"आपके बच्चों को कुछ नहीं कहता, ठकुराइन!" पण्डित अपनी ग़लती महसूस करते हैं, "ये सब इस रधिया की करतूत है, यह है ही शैतान की नानी। ठहर, तेरी हड्डी-पसली तोड़ता हूँ।" राधा दौड़कर छोटी माँ के पीछे छिप जाती है।

"घर आयेगी तो आज ज़िन्दा नहीं छोड़ूँगा।" पण्डित जाने को तैयार होते हैं तो छोटी माँ उन्हें समझाती है–

"गुस्सा थूक दो पण्डित जी, यह उमर ही ऐसी होती है। मैं इन्हें समझाऊँगी। राधा, ऐसी बुरी बात नहीं किया करते।"

"छोटी माँ, कल बाबू ने चाची की उमर काटकर बिहारी चाचा की उमर में डाल दी और माँ से बोले–एक की चीज़ काटने से दूसरे का काम बन जाये तो क्या हर्ज़ है। विक्रम भैया को रावण बनने के लिए मूँछों की ज़रूरत थी, इसलिए हमने काट दीं..."

राधा की बात सुनकर सब हँस पड़ते हैं। पण्डित को ठण्डी लस्सी पिलाकर शान्त करते हुए छोटी माँ कहती है, "इन्हें माफ़ कर दो पण्डित जी, यह लो कैंची, बाक़ी बची मूँछें भी काट डालो।"

पण्डित बड़े दुखी मन से कैंची और शीशा सँभालते हैं। जैसे ही मूँछें ज़मीन पर गिरती हैं, विक्रम जो अब तक दूर छिपा खड़ा था लपककर उन्हें उठा लेता है। पण्डित जी जब अपने कर्मों को रोते हुए मुँह ढँककर

वहाँ से निकलते हैं, तो कह जाते हैं, ''घर आयेगी तो सही। मार-मार कर तेरी हड्डी-पसली एक ना कर दी तो मेरा नाम दयाराम नहीं।''

पण्डित जी की धमकी से राधा एण्ड कम्पनी के छक्के छूट जाते हैं। इतना गुस्सा तो बापू ने कभी नहीं किया पर बड़ी माँ हिम्मत बँधाती हैं- ''अरे, कुछ नहीं होगा, दो-चार चाँटे पड़ जायेंगे, रोटी नहीं मिलेगी... तू यहीं से खा-पीकर जा...घर जाकर चुपचाप सो जाना। जाओ बच्चो, राधा को खिला-पिलाकर इसके घर छोड़ आओ। कहना बड़ी माँ ने कहा है- मार-पीट करने की ज़रूरत नहीं है।''

चारों खा-पीकर निकलते हैं। राधा ने भोजन तो बड़े प्रेम से कर लिया पर आधे रास्ते जाकर उसकी हिम्मत जवाब देने लगती है, फिर कुएँ की चारदीवारी पर बैठकर कुछ नयी योजना बनाने का कार्यक्रम शुरू हो जाता है। उधर पण्डित जब बिना मूँछों के घर पहुँचते हैं तो प्रेमवती उनका यह रूप देखकर हँसते-हँसते लोटपोट हो जाती है। उसने तो उन्हें सदा लम्बी-लम्बी मूँछों में ही लिपटा देखा था। यह अचानक सफाचट कैसे हो गये?

''वैसे तो सदा तेरी भौं में सिलवट पड़ी रहती है, आज मेरी यह हालत देखकर बड़ी मसखरी सूझ रही है।''

''शनि की दशा तुम्हारी मूँछों पर कैसे चढ़ बैठी?"

''शनि की दशा तो यह तेरी राधा है, उसी ने मेरे साथ...''

''कल तक तो बाप-बेटी में बड़ा प्यार था, अब शनि की दशा हो गयी।''

अभी बात पूरी भी न की थी कि विक्रम की आवाज़ आयी, ''काका, राधा कुएँ में कूद गयी।'' पण्डित और पण्डिताइन के होश फाख्ता हो गये। दोनों रोते-चिल्लाते कुएँ की ओर भागते हैं। रमा रोकर कहती है, ''हमने बहुत रोका पर वह कूद गयी। बोली, 'मैं घर नहीं जाऊँगी, बापू बहुत मारेंगे'।''

सुनकर पण्डित रो पड़ते हैं, ''यह तूने क्या किया, मेरी बच्ची! मैं तो ऐसे ही कह रहा था। अरे, कोई मेरी राधा को बचाओ।''

पण्डिताइन छाती पीट डालती हैं, "बच्ची तू लौट आ री, तेरा बाप बैरी बन गया री।"

"राधा को लौटा दो, भगवान... मैं उसे कभी हाथ नहीं लगाऊँगा। अरे, कोई कुएँ में उतरकर मेरी गुड़िया को निकालो रे..."

"राधा निकल आयी तो मारोगे तो नहीं, काका?" रमा पूछती है।

"कान पकड़ता हूँ बाबा, नाक रगड़ता हूँ। अरी, मेरी रधिया, तू मेरे पास वापस आ जा री।"

पण्डित की क़समें और मनोरमा की पुकार सुनकर राधा एक पेड़ के पीछे से निकल आती है।

"अब तो मुझे नहीं मारोगे, बापू...?"

"नहीं, मेरी दादी, नहीं मारूँगा। मेरी शामत आयी थी जो तुझसे कुछ कहा। चल, घर चलकर खाट पर बैठ जा। ज़िन्दगी भर तेरी सेवा करूँगा।"

पण्डित जी राधा को अपने कन्धों पर बिठाकर घर की तरफ़ चल देते हैं, पीछे-पीछे आँसू पोंछती पण्डिताइन और इनके पीछे चीख़-पुकार मचाते हुए पण्डित के तीनों बेटे। देखने वालों की हँसी रोके नहीं रुकती। अगले दिन तक पण्डित की मूँछों की कटाई की ख़बर सारे गाँव में फैल जाती है, लोग जब उन्हें चिढ़ाने के लिए पूछते हैं, "पण्डित, मूँछें कहाँ बेच खायीं?" तो वह जल-भुनकर भड़ककर कहते हैं, "अजी बेचेंगे क्यों, तुम्हारी अम्मा के दहेज में दे दीं।" आख़िर वह दिन जिसके लिए पण्डित की मूँछों की बलि चढ़ाई गयी थी, आ गया। हवेली के बड़े से आँगन में तार बाँधकर उस पर चादरें लटका दीं। एक तरफ़ तख़्त पर स्टेज और दूसरी ओर बच्चों के लिए दरी और बड़ों के लिए खाटें और कुर्सियाँ। आस-पड़ोसी तथा दोनों ठाकुर भी रामलीला देखने के लिए मौजूद हैं। दोनों ठकुराइनों ने भी बच्चों को कपड़े पहनाने, पन्नी के मुकुट लगाने तथा पाउडर-लाली पोतने में मदद की है। विक्रम ने पण्डित की मूँछें एक काले डोरे में बाँधकर होंठों पर जमा रखी हैं। डोरा सिर के पीछे बँधा है। जब चादरों का पर्दा खुलता है तो पंचवटी का दृश्य सामने आता है। सीता के रूप में मनोरमा दो-चार गमलों में पानी दे रही है, राधा

शूर्पणखा बनकर कूदती हुई आती है और राम से कहती है, "तुम बड़े अच्छे लगते हो, मुझसे शादी कर लो।"

"मेरी शादी तो हो चुकी, यह रही मेरी सीता। हाँ, मेरे छोटे भाई से पूछ लो, वह शायद तुम्हें पसन्द कर ले।"

राधा लक्ष्मण के पास जाकर हा-हा करके हँसती है, "देखने में तुम भी बुरे नहीं हो... करोगे मुझसे शादी?"

"मुझे नहीं करनी शादी, भागो यहाँ से वरना नाक काट लूँगा।" लक्ष्मण चिल्लाते हैं।

राधा फिर हो-हो करती हुई लक्ष्मण के ऊपर उछलती है तो वह जेब से रसोईघर का चाकू निकालकर उसकी नाक पर चलाते हैं। राधा ने पहले से ही लाल रंग हथेली पर पोत रखा था, उसे नाक पर रगड़कर चीख़ती है, "अरे मार डाला रे, नाक काट ली रे! भैया रावण, बचाओ, बचाओ!"

अगले दृश्य में फिर सीता जी गमलों में पानी दे रही हैं। एक लड़का ठाकुर साहब के मारे हुए चीते की खाल बदन पर लपेटकर कूदता हुआ मंच पर आता है।

"नाथ, यह हिरन कितना सुन्दर है, मुझे यही चाहिए।"

सब लोग हँस पड़ते हैं, क्योंकि चीते के चेहरे पर लगी शीशे की आँख और बड़े-बड़े दाँत चमक रहे हैं।

"प्यारी सीता, मैं अभी इस हिरन को तुम्हारे लिए लाता हूँ," राम अपना छोटा-सा धनुष इधर-उधर नचाते हुए जाते हैं।

सीता थोड़ी देर इधर-उधर देखकर कहती है, "तुम्हारे भाई को गये कितनी देर हो गयी, अभी तक आये नहीं।"

"चिन्ता मत करो भाभी, सोने का हिरन लेकर अभी आ जायेंगे।"

इतने में 'हाय लक्ष्मण' की आवाज़ आती है।

"लक्ष्मण, तुम्हारे भाई किसी मुसीबत में हैं, जाकर उन्हें बचाओ।"

"नहीं भाभी, भगवान को कुछ नहीं हो सकता, तुम चिन्ता मत करो।"

"मुझे अकेली देखकर तुम्हारी नीयत में खोट आ गयी है, तुम्हें शर्म आनी चाहिए।"

"तुम नहीं मानतीं तो मैं चली जाती हूँ।" 'चली जाती हूँ' सुनकर सब हँस पड़ते हैं। उसे बिना लक्ष्मण रेखा खींचे जाते देखकर रमा कुढ़कर कहती है, "पागल कही कीं, लक्ष्मण-रेखा तो खींचती जा।"

तारा लौटकर लाइन खींचकर कहती है, "इससे बाहर मत निकलना, यह लक्ष्मण-रेखा है।"

विक्रम जो अब तक पर्दे के पीछे छिपा खड़ा था, पण्डित की मूँछें और ठाकुर का लम्बा कुर्ता पहनकर रावण के रूप में प्रकट होता है। पण्डित का सफाचट चेहरा और उनकी मूँछें विक्रम के चेहरे पर देखकर सब हँस-हँसकर लोट-पोट हो जाते हैं। पण्डित गुस्से में भुने जा रहे हैं पर चौपाई तो बीच-बीच में गानी ही पड़ेगी, अब बड़े आदमियों के मुँह कौन लगे?

"माता, भिक्षा दो, मैं भूखा हूँ।" सीता अन्दर से कुछ फल लेकर निकलती है।

"यह रेखा-बँधी भीख मैं नहीं लूँगा, बाहर आकर दो।"

सीता ज्यों ही लाइन के बाहर पैर रखती है, विक्रम उसका हाथ पकड़ कर खींचता है और पण्डित गा उठते हैं, "तब रावण निज रूप दिखावा..."

एक हाथ से विक्रम ने सीता का हाथ पकड़ रखा है, दूसरे से अपना ढीला कुर्ता उतारने की कोशिश करता है। कुर्ते के बटन मूँछ की डोर में फँस जाते हैं और कुर्ते के साथ मूँछें भी बाहर निकल पड़ती हैं, इधर सीता अपना हाथ खींचती है तो रावण ज़ोर से दबाता है। इस खींचातानी में मनोरमा के हाथ की चूड़ियाँ, जो ठाकुर साहब शहर से लाये थे, टूटकर गिर जाती हैं और रमा गुस्से से चिल्लाकर कहती है, "ओ माँ, इस गधे ने मेरी सब चूड़ियाँ तोड़ डालीं।" दूसरे हाथ से विक्रम पर मुक्के बरसाने लगती है। 'गधा' शब्द सुनते ही विक्रम के चाँटे भी चालू हो जाते हैं। पण्डित बाजा छोड़ अपना सिर पकड़कर बैठ जाते हैं। राधा का

छोटा भाई, जो अगले सीन के लिए पूँछ की जगह लम्बा गुब्बारा बाँधे हनुमान बना खड़ा था, नाक पोंछता हुआ अपने बाप के पीछे जाकर खड़ा हो जाता है और पण्डित जी अपनी पैरों के नीचे कुचलती हुई मूँछों की तरफ़ हसरत भरी निगाहों से देखते हैं। ठाकुर साहब किसी तरह रमा और विक्रम को अलग करते हैं और हँसकर कहते हैं, "चलो भाई, रामलीला तो हो चुकी, अब प्रसाद बाँटो।" सारी वानर सेना हो-हो करके प्रसाद की थालियों पर टूट पड़ती है।

बड़ी माँ हर महीने सत्यनारायण की कथा करवाती हैं जिसका इन्तज़ार पण्डित के बच्चे बड़ी बेचैनी से करते हैं क्योंकि उस दिन सारा परिवार हवेली पर ही खाना खाता है और बहुत कुछ बाँधकर भी ले आते हैं। हमेशा की तरह इस पूर्णमासी को भी पण्डित जी चारों बच्चों सहित कथा के लिए जाने की तैयारी कर रहे हैं।

"अरी ओ प्रेमवती, अपने तीनों सपूतों को तैयार कर दे। इन्हें समझा दे वहाँ बैठकर ऊधम न किया करें।"

"रास्ते भर समझाते चले जाना, मेरा दिमाग़ क्यों चाट रहे हो! रोज़ मैं सारे दिन इनके साथ सिर खपाती हूँ, तुम ज़रा-सी देर में ही लिकचर झाड़ने लगे।"

"तुझसे कुछ कहना ही बेकार है। नाम है इनको प्रेमवती, प्रेम करनो जाने नाय।"

पण्डित जी चारों को आगे करके घेरते हुए हवेली पहुँचते हैं और कथा शुरू होती है। पण्डित का ध्यान कथा और बच्चों दोनों पर है और बच्चों का थालों में रखे प्रसाद और फलों पर। जब उनकी शैतानी ज़्यादा बढ़ जाती है तो पण्डित, "तब लीलावती ने कलावती से कहा– तुम्हारे मन में क्या विचार है जो इस तरह का व्यवहार कर रही हो," के साथ 'चुप हो दुष्टों' कहकर चिल्ला पड़ते हैं। पण्डित के लिए कथा के बाद आरती के अन्त में पैसे-रुपयों की खनाखन सबसे मधुर शब्द होते हैं पर बच्चों का ध्यान एकटक प्रसाद की थाली पर है, प्रसाद और चरणामृत पीकर ज़रा सबर आता है तो राधा कहती है, "बड़ी माँ, कथा ज़रा जल्दी-जल्दी करवाया करो।"

''हे सत्यनारायण स्वामी, मेरी रमा और तारा को अच्छे-अच्छे वर मिल जायें और देवर को एक बेटा तो महीने में चार बार कथा करवाऊँगी।''

''हे भगवान, बड़ी माँ का कहा पूरा करो। हमारी मौज हो जायेगी।'' राधा आँखें बन्द करके जाप शुरू करती है। पूरी-पकवानों से भरी थालियाँ सामने आते ही पण्डित परिवार उन पर ऐसे टूट पड़ता है जैसे महीनों से भूखे हों। राधा को इस तरह खाते देखकर मनोरमा के होंठों पर एक मीठी मुस्कराहट खेलने लगती है। उसे लगता है वह खाना उसी के पेट में जा रहा है। राधा आँखें उठाकर देखती है, रमा उसे एकटक देख रही है।

"तू नहीं खायेगी?''

"खा लूँगी, पहले तू अच्छी तरह पेट भरकर खा ले।''

"शायद पिछले जन्म का कोई रिश्ता है दोनों का।" छोटी माँ कहती है, ''एक-दूसरे पर जान देती हैं।''

''प्यार का रिश्ता है ठकुराइन... नहीं तो कहाँ राजा भोज और कहाँ गंगुआ तेली!'' पण्डित साबुत लड्डू मुँह में डालकर ज्ञान बघारते हैं।

''बापू, तुम उल्टी बातें करते हो... ना मैं तेलिन हूँ, ना रमा कहीं की रानी...बस ये मुझे अच्छी लगती है और इसे मैं...ये मेरी पक्की सहेली है। इसमें गंगुआ तेली और राजा भोज कहाँ से आ टपके।''

''अच्छा मेरी दादी, तेरी बात ही ठीक है। मेरा ही दोष है जो तेरे सामने मुँह खोला।''

''पण्डित, तुम्हारी बेटी तुमसे ज़्यादा विद्वान है। भला दोस्ती में अमीर-ग़रीब थोड़े ही देखा जाता है। कृष्ण-सुदामा में कितना प्यार था।'' बड़े ठाकुर हँसकर कहते हैं। पण्डित हाँ में हाँ मिलाते हुए माल बटोरकर अपने घर की राह पकड़ते हैं।

ऐसे ही हँसते-खेलते वक़्त का कारवाँ तेज़ी से आगे बढ़ता चला गया, छोड़ गया कुछ खट्टी-मीठी यादें और जवानी की दहलीज़ पर पैर रखते हुए इन बच्चों की उन्माद भरी हँसी, जिसे सुनकर बड़ी माँ कभी-कभी खीजकर कहती हैं–

''अरे, जवानी तो हमें भी आयी थी पर ये बिन बात की हा-हा-ही-ही कभी नहीं की... इस पण्डित की छोकरी के साथ ये अपनी रमा और तारा भी ज़मीन से दो बालिश्त ऊँची चलती हैं। कुछ कहो तो एक बात के सौ जवाब। अब के ठाकुर धामपुर गये तो कुँवर नरेन्द्र की जन्मपत्री ज़रूर मगवाऊँगी। रमा ने सोलह पूरे कर लिए पर यहाँ किसी को फिकर थोड़े ही है।''

पूर्णमासी के दिन पण्डित कथा करने आये तो बड़ी माँ पुलककर कहती है, ''पण्डित जी, मैं तुम्हें याद ही कर रही थी। बड़े ठाकुर धामपुर गये थे। नरेन्द्र सिंह की फोटो और जन्मपत्री लाये हैं... लड़का क्या है जैसे हीरा। राजकुमार जैसा लगता है... हमारी मनोरमा की जन्मपत्री से मिलाकर तो बताओ, कैसी मिलती है।'' पण्डित जी कुछ देर ध्यान से पोथी-पत्री देखते हैं, हिसाब-किताब जोड़ते हैं। फिर हँसकर कहते हैं, ''धन्य हो प्रभु, क्या जोड़ी मिलाई है...आज तक हज़ारों जन्मपत्री देखीं पर ऐसे योग नहीं देखे, जैसे राम-सीता की जोड़ी। हरे राम, हरे कृष्ण।''

''पण्डित जी, अच्छी तरह देख लो। ऐसी जल्दबाज़ी मत करो। मेरी बच्ची की ज़िन्दगी का सवाल है। कभी यूँ ही बोल रहे हो... तुम दस साल से हर बार यही कहते हो कि इस साल रमा का भाई ज़रूर आना चाहिए। पर न आना था, न आया।'' बड़ी माँ लम्बी साँस खींचकर बोली।

''मैं क्या करूँ ठकुराइन, पूजा-पाठ, योगदान सब कराकर हार गया, छोटे ठाकुर के भाग्य में बेटा सौ फीसदी है ज़रूर, पर न जाने कहाँ कसर रह जाती है... पर चिन्ता मत करो, मैंने अभी उम्मीद नहीं छोड़ी है। सुबह तीन बजे उठकर महामन्त्र का जाप करता हूँ।''

''अब छोड़ो भी, जीजी!'' छोटी ठकुराइन हँसकर कहती है।

''क्यों बेचारे पण्डित जी को दुखी कर रही हो, विक्रम क्या मेरा बेटा नहीं है! अब बेटी की शादी की तैयारी शुरू करो... एक और बेटा मिल जायेगा।''

''सो तो करूँगी ही, तुझे तो अपने टिमाक से ही फुर्सत नहीं है, बेटी-बेटे की फिकर कहाँ से होगी... हाँ तो पण्डित, कैसे ग्रह हैं इस लड़के के?''

"एक नम्बर के हैं, ठकुराइन! सूरज मंगल में बैठा है। अरे, यह तो किसी सूर्यवंशी की सन्तान है। इसे हाथ से मत जाने देना।"

"हे भगवान, तूने मेरी सुन ली, ऐसे ग्रह हैं। ज़रा रूप तो देखो।" फ़ोटो आगे बढ़ाती है।

"ओहो, क्या तेज़ है मुख पर। धन्य हो, प्रभु!" राधा पिता के हाथ से फ़ोटो खींचकर मनोरमा की आँखों के सामने रखती है तो वह शरमाकर भाग जाती है।

"देखो, रमा की क़िस्मत कितना ज़ोर मारती है," ठाकुर कहते हैं, "बड़ी भारी ज़मीन-ज़ायदाद है। बस दो भाई हैं, माँ-बाप तो बचपन में ही चल बसे, दादी ने पाला-पोसा है। लड़का बड़ा होनहार है।"

"सब ठीक हो जायेगा मालिक, अपनी रमा बिटिया स्वयं लक्ष्मी का रूप है।"

ठाकुरों ने रमा के रिश्ते की बात अपने से भी ऊँचे घराने में चलाई है–खूब बड़ी कोठी, ढेरों ज़मीन-ज़ायदाद, घर में बूढ़ी दादी, बड़े भाई वीरेन्द्र सिंह और उनकी पत्नी राजरानी, चार साल की बेटी अलका और छोटे भाई नरेन्द्र सिंह। माँ-बाप बचपन में महामारी में चल बसे, पर दादी ने दोनों को बड़े लाड़-प्यार से पाला है, पढ़ाया-लिखाया है। मनोरमा की सुन्दर-सी फ़ोटो देखकर सारा घर ख़ुश हो जाता है, "लो देवर जी, अच्छी तरह देख लो, फिर मत कहना, भाभी ने फँसवा दिया।"

"अगर वह तुम्हारी जैसी ना हुई तो ज़रूर यही कहूँगा।"

दादी राजरानी को लड़की देखने और गोद भरने की रस्म करने रामनगर भेज देती है। मनोरमा को नवरत्न हार पहनाते हुए भाभी उसका माथा चूम लेती है, "इसका रूप देखकर दादी फूली नहीं समायेगी, मेरे विष्णु जैसे देवर के लिए इस कमला से बढ़कर कौन मिल सकती थी।"

"दादी क्यों नहीं आयीं?"

"वह किसी भी शुभ काम में आगे नहीं होतीं। जिस दिन से मैं आयी हूँ, सब कुछ मुझ पर छोड़कर राम-नाम में लगी रहती हैं। कहती हैं, जितना दुख इस ज़िन्दगी में झेला है उसकी तनिक छाया भी इन पोतों पर नहीं पड़ने दूँगी।"

"मेरी रमा बड़े नाजों की पली है। अपने कलेजे का टुकड़ा तुम्हें सौंप रही हूँ, सँभालकर रखना।" छोटी माँ की आँखें गीली हो उठती हैं।

"यह हमारी आँखों में पुतली की तरह रहेगी माँजी, दादी ने पोतों पर ही नहीं, हम पर भी प्यार का ख़ज़ाना लुटाया है। हमारा मुँह देखकर ही वह इस दुनिया में जी रही हैं, आप ज़रा भी चिन्ता मत करो।"

मनोरमा की सगाई की धूमधाम देखते ही बनती है। आख़िर ठाकुर की इकलौती बेटी है। ब्याह की तारीख़ दो महीने बाद निकली है। सारा परिवार शादी की तैयारी में व्यस्त हो जाता है। ज़ेवर बन रहे हैं। शहर से तरह-तरह के कपड़े, बर्तन, क़ीमती फ़र्नीचर आ रहा है। ब्याह वाले दिन पूरा गाँव ठाकुर की हवेली पर खायेगा—कितने गेहूँ, चावल और मसाले तैयार कराने हैं, इसका हिसाब-किताब करते-करते ठकुराइन और हलवाइयों का दिमाग़ ख़राब हुआ जा रहा है। बारात की ऐसी ख़ातिर होनी चाहिए कि बाराती जन्मभर याद रखें। इसी बीच एक दिन पण्डित की बेटी दौड़ी हुई आती है और रमा को बताती है कि पण्डित जी ने उसकी शादी की बात शहर में पक्की कर दी है। राधा की बुआ शहर में रहती है। उसने ही यह रिश्ता पक्का करवाया है। ब्याह इसी महीने होगा।

"अरे वाह, चट मँगनी पट ब्याह। तेरे तो मज़े हो गये, शहर जा रही है?"

"हाँ, शहर जा रही हूँ, लड़का गंजा है और उसकी पहली बीवी को मरे हुए दो-चार महीने ही हुए हैं। उसे नयी जवान बीवी इसी महीने में चाहिए।" राधा जो अपनी जबान-ज़ोरी के लिए मशहूर है, अकड़कर कहती है।

"अरे!" रमा के मुँह से निकल पड़ता है, "दुहेजू है? यह तो पुजारी काका ने अच्छा नहीं किया।"

"लो, क्या अच्छा और क्या बुरा! माँ कहती हैं बेल की तरह यह लड़की दिन-दूनी रात-चौगुनी बढ़ रही है, जो भी मिले पकड़कर इसके हाथ पीले कर दो।"

"फिर भी?"

"फिर भी क्या? अरी, क्या मेरे बापू कहीं के ज़मींदार हैं जो उन्हें हीरे जैसा राजकुँवर मिल जायेगा! बच्चों के पेट को पूरा नहीं पड़ता,

देने के लिए कहाँ से लायेंगे। सच रमा, कभी-कभी बड़ी हँसी आती है। महामन्त्र का जाप कर रहे थे तेरे भाई के लिए और लगा दी मेरे भाइयों की लाइन।''

''चुप, बेशरम कहीं की!''

''सच तो यह है एक ग़रीब ब्राह्मण की बेटी स्वीकार करके गंजे ने बड़ा अहसान किया है मेरे माँ-बाप पर। रात-रात भर करवटें बदलते थे बेचारे।"

''तुझे दुख हो रहा है ना?''

''दुख...नहीं रे...ग़रीबों के दुख-सुख में कोई ख़ास फ़र्क़ नहीं होता पता है, गंजे ने भी कितना नखरा दिखाया...मेरी उमर और शक्ल-सूरत की बात सुनकर पहले तो हाँ कर दी, फिर फूफा जी के हाथ ख़बर भेजी...दहेज में क्या-क्या मिलेगा?''

''फिर?''

''हमारे बापू को तो तू जानती है। गुस्से में भरकर बोले–अरे, दहेज देने को हमारे पास रक़म होती तो हमें अपनी फूल-सी बिटिया के लिए ये गंजा ही मिला था? हम ऐसा लड़का न ढूँढ़ते जिसके एक बालिश्त लम्बी जुल्फें होतीं। मारता बालों में झटका तो हमारी बेटी का दिल बाग-बाग हो जाता।'' राधा ने हू-ब-हू पण्डित की नक़ल करके बताया और हँसते-हँसते लोट-पोट हो गयी, ''हमारे फूफाजी भी ऐसे हैं ज्यों का त्यों जाकर कह दिया। गंजे की सिट्टी-पिट्टी गुम हो गयी। तब से चुप मारे बैठा है। बस शादी की जल्दी मचा रहा है, शायद इसी महीने में हो जाये।'' राधा की आँखों की गीली कोर देखकर रमा अपनी सहेली के दिल का दर्द समझ गयी है। जीवन में पहली बार उसने राधा की मस्त हँसी में दुख का इतना गहरा आभास पाया है, 'ग़रीबों के दुख-सुख में ज़्यादा फ़र्क़ नहीं होता।' यह शब्द बार-बार उसके कानों में गूँजते रहते हैं।

पण्डित की बेटी के ब्याह में सभी लोग थोड़ी-बहुत मदद करते हैं, पण्डित और प्रेमवती की नोक-झोंक के पीछे एक दुखभय व्यंग्य छिपा रहता है।

"ऐसा कौन-सा कलट्टर दामाद ढूँढ़ आये हो जो हर बखत रौब झाड़ते रहते हो।"

"क्यों, अब काहे की तकलीफ़ है तुझे? बीस साल से सुनते-सुनते कान पक गये कि तेरी बड़ी बहन शहर में कितनी सुखी है और तू इस पण्डित के यहाँ भाड़ झोंक रही है—तू न सही तेरी बेटी को तो शहर पहुँचा दिया, पर तू अपनी जबानज़ोरी से बाज़ थोड़े ही आयेगी... नाम है इनका प्रेमवती।"

राधा की शादी में शहर से उसकी बुआ का लड़का देवधर भी आता है। मनोरमा जब सज-धजकर शादी में शामिल होने आती है तो देव उसे देखता ही रह जाता है। "तेरी सहेली तो बड़ी ज़ोरदार है राधा!" शादी की भीड़-भाड़ में वह रमा से जान-बूझकर टकरा गया और रमा ने तिरछी नज़र करके कहा, "अन्धे हो क्या? दीखता नहीं?"

"शायद कुछ देर के लिए अन्धा ही हो गया था।"

"यह अन्धापन शहर में अच्छा काम देगा... यहाँ जान-बूझकर अन्धा बनने वालों की पिटाई हो जाती है। ओ राधा, अपने इस शहरी कबूतर को समझा ले, ज़रा कुछ ज़्यादा ही गुटरगूँ कर रहा है।"

"देव भैया को क्यों डाँट रही है, रमा? ये तो मेरी बड़ी बुआ का लड़का है।"

"ओ! ये तेरे भैया हैं तो इन्हें माफ़ किया पर इन्हें समझा दे गाँव की लड़कियाँ ज़रा हेकड़ होती हैं, उनसे बचकर निकला करें।"

पर देवधर पर इस डाँट-डपट का कोई ख़ास असर नहीं हुआ था, न जाने क्यों बार-बार उसकी निगाहें रमा के मासूम चेहरे पर जमकर रह जातीं। वह जहाँ जाती, किसी-न-किसी बहाने उसके पास पहुँच जाता—कभी पान लाकर देता, कभी शर्बत और कभी नाश्ता। तारा ने हँसकर रमा के कान में कहा—

"इस बजरबट्टू को देखो, शहर से आया है न, कैसा इतरा रहा है!"

"बड़ा दिलफेंक मालूम होता है। कहे तो अभी जाकर इसकी अकल ठिकाने लगा दूँ।"

"जाने दे, राधा का भाई है, क्यों बेचारे को हैरान किया!"

"नहीं, यह तभी मानेगा।" रमा एक पान में ढेर सारी लाल मिर्चें भरकर ले आयी और बोली—

"आप बार-बार हमें पान खिला रहे हैं, आप भी तो खाइये न... लीजिए, बड़ा मीठा पान है।"

मनोरमा ने सोचा था मिर्चें खाकर वह सी-सी करता हुआ भागेगा, पर वह हँसते हुए बोला–

"बड़ा बढ़िया पान है, एकाध और खिला दीजिए।"

"पर आपकी आँखों से तो पानी बह रहा है।"

"यह तो ख़ुशी का पानी है...अजी, ये तो मामूली मिर्चें हैं, आप ज़हर दे दीजियेगा तो हम वह भी हँसते-हँसते खा लेंगे।"

इसके बाद रमा ने उससे और कोई बात नहीं की थी, न ही उसकी तरफ़ देखा था। पर देव की आँखें उस पर ही लगी थीं। राधा ने उसे अकेले पाकर ख़ूब चिढ़ाया था, "भैया, पराये माल पर नज़र डालना चोरों का काम है।"

"क्या मतलब?"

"तुम समझते हो, हमारी आँखें नहीं हैं। मैं सारा दिन तुम्हारी हरकतें देखती रही हूँ–क्या तुम यहाँ से हड्डी-पसली तुड़वाकर ही जाओगे...यह मुँह और मसूर की दाल।"

"अपना मुँह भगवान ने फुर्सत में बनाया था, लाखों में एक हूँ।"

"अपने मुँह मियाँ मिट्ठू! अरे भैया राकेश, कोई दूसरा ठिकाना ढूँढ़ो। यह यहाँ के सबसे बड़े लोगों की बेटी है और जहाँ इसकी सगाई हुई है वह पाँच गाँवों के मालिक हैं। देखने में राजकुमार जैसा लगता है इसका दूल्हा।"

सुनकर देवधर का मुँह लटक गया, पर सीना तानकर बोला, "अरे तो हम क्या किसी राजकुमार से कम हैं।" राधा को उसकी हँसी बड़ी फीकी और खोखली लगी। उसे देव का चेहरा उस पंछी की तरह लगा जिसने पहली उड़ान खुलकर ली भी न थी कि सैयाद ने पर काट डाले। उसका मन हुआ फूट-फूटकर रो पड़े, लेकिन मन की पीड़ा छिपा, हँसकर बोली, "जाओ देव भैया, बहन की शादी में आये हो, काम-धाम करो। प्यार-व्यार सिर्फ़ बड़े लोग किया करते हैं... समझे..."

शादी के दिन दोनों ठाकुर और ठकुराइन साड़ी, एक सौ एक रुपये और सोने की माला लेकर खुद उस ग़रीब पुजारी के घर आते हैं तो पण्डित-पण्डिताइन खुशी से फूले नहीं समाते। अगले दिन सवेरे पलँग पर टीका होता है तो गाँव की सब औरतें-बच्चे इस शहरी दामाद को देखने उमड़ पड़ते हैं। राधा का दूल्हा पैंतीस के आस-पास है। ख़ूब चौड़ी मोहरी की पैंट, छपी बुशर्ट, सफेद जूते, एक हाथ में लाल रूमाल, दूसरे में ट्रांजिस्टर, सिर पर हैट, आँखों पर धूप का काला चश्मा।

"हाय, जीजाजी कैसे जँच रहे हैं। मेरा तो दिल लोट-पोट हो रहा है। जीजाजी, हमें भी शहर ले चलो न।" गाँव की लड़कियाँ छेड़ती हैं।

"अरी, पहले एक को तो सँभाल लेने दे, बेचारों को वैसे ही कम सुझाई देता है। कैसा बड़ा चश्मा चढ़ाये बैठे हैं। रज्जो, ज़रा चश्मा उतार कर तो देख, कहीं एक बाज़ार बन्द तो नहीं है।..."

"आँखें तो ठीक हैं, पर इस टोकरे जैसे टोप के नीचे क्या छिपा रखा है, जीजाजी!" रज्जो हैट उतारकर चाँद पर हाथ फिराती है।

दूल्हा अपनी चिढ़ छिपाने के लिए खिसियाकर हँस देता है, "आना, वेलकम! आई विल टेक ऑल ऑफ़ यू।" इन अनपढ़ लड़कियों पर अंग्रेज़ी का रौब डालने के प्रयास में बोल पड़ता है।

"अरे जीजाजी, यह गिटपिट राधा से करना, हमसे तो सीधी-सादी देशी भाषा में बात करो।"

सब मिलकर गाती हैं–

"ढीला पाजामा रेशम का कमरबन्द,
बोलो कहाँ गये थे।
हमने जो देखा हलवाई की दुकान पर
हाथों में डिब्बा, डिब्बे में कलाकन्द।
बोलो कहाँ गये थे।"

छेड़छाड़ का वक़्त निकल जाता है। राधा को विदा करते वक़्त माँ-बाप, सखी-सहेली फूट-फूटकर रो पड़े हैं। पास-पड़ोसी कहते हैं– "रौनक थी हमारे गाँव की।" पण्डित जी बिलखती हुई पण्डिताइन को

धीरज बँधाने के प्रयास में आँसू पोंछते हुए कहते हैं, ''प्रेमवती, हिम्मत से काम ले। बेटी तो पराया धन होती है।''

ससुराल पहुँचकर राधा शहर की रौनक देखकर रोना भूल जाती है। स्टेशन से बाहर निकलते ही गंजा उसका हाथ पकड़ लेता है। वह सकुचाकर हाथ छुड़ाना चाहती है तो गंजा उर्फ़ सुखलाल कहता है, ''डोंट वी शाई, शहर का यही फ़ैशन है।''

गंजे के दोस्त और तीन बहनोई उसकी ऐसी हरकतें देखकर हँस पड़ते हैं, पर हरभजन मामा गुस्से से आगबबूला हुए जा रहे हैं। मामा के आग्नेय नेत्रों की ज़रा भी परवाह न करते हुए सुखलाल राधा का घूँघट ऊपर खींचकर कहता है, ''लाइक दिस, डियर!''

टैक्सी में राधा की आँखें बाहर की भीड़भाड़, कारों, दुकानों और सिनेमा के पोस्टरों पर जमी हुई हैं, और गंजे की उसके अल्हड़ मुख पर। घर पर बहन रास्ता रोककर खड़ी होती हैं तो बड़ी मुश्किल से तीनों को पाँच-पाँच रुपये निकालकर देता है, ऊपर से चारों तरफ़ डाँट लगाता है, ''भीड़ मत करो, गर्मी में इनका जी घबरा जायेगा।'' माँ को एक तरफ़ ले जाकर कहता है, ''इन तीनों को आज ही विदा करो। इनके बच्चों की कचर-कचर से यह परेशान हो रही हैं।'' अब तक तो बुढ़िया ने गंजे की उल्टी-सीधी बातें बर्दाश्त कर ली थीं, पर अपनी बेटियों की यह बेइज़्ज़ती देखकर भड़क गयी, ''हाँ-हाँ, वह तो विलायत से आयी है न! इसका बापू घर-घर कथा बाँचता फिरे और आधी दर्जन बच्चे हैं उसके। बेशरम कहीं का! बहू के घर में घुसते ही हम सब तेरी आँखों में खटकने लगे! सब आप ही चली जायेंगी। तेरा दिया नहीं खाती हैं।''

''व्हाट नॉनसेंस!'' गंजा अपनी दुल्हन का हाथ पकड़कर कहता है, ''चलो उठो, चलकर आराम कर लो, थक गयी होगी।'' आश्चर्य और शर्म से राधा का बुरा हाल हो रहा है।

हाय राम, क्या शहरों के आदमी ऐसे ही बेशरम होते हैं। न माँ की सरम, न बहनों का लिहाज़।

शाम होते-होते गंजे की बहनें और बहनोई मुँह फुलाकर बड़ी बहन के यहाँ जो उसी शहर में रहती है, चलते बनते हैं।

"देख रहे हो भैया, इस कलमुँहे की हरकतें, जैसे बड़ा सोलह साल का छोकरा हो।"

"मेरा अपना बेटा होता तो अभी इसकी चाँद पर इतने जूते जमाती कि रहे-सहे बाल भी उड़ जाते, पर भानजा है इसलिए ख़ून का घूँट पीकर रह जाता हूँ।"

इधर दोनों भाई-बहन गंजे की खाल उधेड़ रहे हैं, उधर गंजा अपनी नयी-नवेली को सौ-सौ लाड़ लड़ा रहा है। शाम होते-होते उसने राधा को उल्टे पल्ले की फैशन की साड़ी, ऊँचा जूड़ा और हाई हील के सैंडिल पहना दिये हैं। गहरे लाल रंग की लिपस्टिक और लम्बा काजल लगाकर राधा जो पहले से ही ज़ेवर-कपड़ों की शौक़ीन है, जब गंजे की तरफ़ देखती है तो उसका रोम-रोम न्यौछावर हो जाता है–"अरे वाह रे, मेरी रानी, तेरी क्या बात है! किसी सिनेमा की हीरोइन से कम नहीं है मेरी बुलबुल।"

"मैं भी सिनेमा देखूँगी।"

"अरे, चल–तू अभी चल। बस मुँह से बात निकली और पूरी हुई।" गंजा जब राधा का हाथ पकड़कर बाहर निकलकर कहता है, "माँ, हम सिनेमा देखने जा रहे हैं।" तो बुढ़िया और उसके भाई की आँखें कपाल तक चढ़ जाती हैं।

"जो तेरे जी में आये, करता है, फिर मुझसे क्या पूछता है।" वह मुँह फुलाकर कहती है।

सिनेमा हाल में कभी वह उसका हाथ पकड़ता है, कभी गले में हाथ डालता है, कभी आइसक्रीम लाकर देता है तो कभी समोसे। राधा उसकी इन हरकतों से चिढ़कर कभी उसका हाथ झटक देती है, कभी फ़िल्म के हँसी-मज़ाक़ पर ताली बजाकर हँस पड़ती है तो कभी हीरोइन के साथ आँसू बहाने लगती है। उसे दोनों पैर ऊपर रख बच्चों जैसी हरकतें करते देखकर आस-पास के लोग आश्चर्य से देखने लगते हैं। पर वह इन सबसे बेख़बर मज़े में आइसक्रीम खा रही है। गंजा अपने रूमाल से उसके हाथ-मुँह पोंछता है तो हँसकर कहती है, "ये तो बड़ी मुलायम मलाई बरफ़ है। हमारे गाँव की तो ऐसी होवे कि दाँत टूट जाये और बरफ़ ना टूटे।"

सिनेमा से घर लौटते हुए वह उसे होटल में खाना खिलाने ले जाता है। वहाँ की सजावट, ज़ोर-ज़ोर से बजते हुए बाजे, इधर-उधर दौड़ते हुए बैरे, एक-से-एक बढ़िया कपड़ों में सजे आदमी-औरतें, तरह-तरह के भोजन देखकर राधा को लगता है वह एक नयी दुनिया में आ गयी है।

इस नयी चकाचौंध से भरी ज़िन्दगी में एक शाम में ही इतना कुछ देख लिया जो गाँव के सोलह सालों में नहीं देखा था–तो यही है शहरी ज़िन्दगी...रोशनी...चमक-दमक, शोर-शरावे से भरपूर। वाह, है तो मज़ेदार। कुछ देर के लिए दुहेजू से शादी होने का दुख भूलकर उसका मस्तिष्क इस नयी दुनिया की चमक-दमक में डूब जाता है। गाँव में तो आठ बजे ही सब सो जाते हैं, यहाँ रात के बारह बजे भी जैसे दीवाली मन रही है। घर में घुसते हैं तो एक बजने वाला है।

"बाप रे, कितना थक गयी!" वह वैसी ही सजी-सजाई बिस्तर पर लेट जाती है और पाँच मिनट में ही उन सपनों की दुनिया में खो जाती है जहाँ वह हीरोइन है और कुछ देर पहले देखे हीरो के साथ नाच रही है...गंजा कपड़े बदलकर कमरे में आता है तो कुछ देर उस अछूत यौवन को एकटक देखता रहता है, जिसे उसने कुछ रुपये ख़र्च करके ख़रीद लिया है।

उस दिन के बाद रोज़ यही कार्यक्रम। उनका इतना घूमना-फिरना देखकर माँ और मामा जले-भुने जा रहे हैं, पर करें क्या? कमाने वाला तो गंजा ही है, चाहे बचाये या लुटाये। गंजे ने दफ़्तर से छुट्टी ले रखी है। या तो दोनों कमरे में घुसे रहते हैं या घूमने-फिरने निकल जाते हैं। शुरू-शुरू में राधा ने रसोई में जाकर कुछ काम करने की कोशिश की थी पर सुखलाल ने उसे वहीं पकड़कर बिठा लिया, "तू इन झंझटों में क्यों पड़ती है? माँ किसलिए है? अरे, खा-पहन और मस्त रह।"

दो-चार दिन तो बुढ़िया ख़ून का घूँट पीकर सब कर देती है। आख़िर भाई के उकसाने पर भड़ककर कहती है–

"अरे ओ जोरू के ग़ुलाम, मैं क्या तुम दोनों की ख़रीदी हुई बाँदी हूँ जो तुम्हारी दुल्हन तो पलँग पर चढ़ी रहे और मैं काम में पिसती रहूँ?"

"पहले करती थी तो कुछ नहीं होता था, अब यह आ गयी तो हो गयी तेरी किट-किट शुरू! देख माँ, कहे देता हूँ एक को तो तूने ऐसे ही लड़-लड़कर परलोक भिजवा दिया, अब अगर इससे कुछ कहा तो अच्छा न होगा।''

"अरे बेशरम, इसी दिन के लिए तुझे नौ महीने पेट में रखा था कि मेरी बेइज़्ज़ती करे।''

"रोती क्यों है!" मामा भड़ककर बोले, ''तेरे लाल ने तो तुझे बहुत सुख दे दिया, पर तेरा भाई अभी ज़िन्दा बैठा है। बिस्तरा बाँध, हम अभी गाँव जायेंगे।''

''ख़याल अच्छा है, मामा!'' गंजा खुश होकर कहता है, ''बहुत दिन से माँ गाँव नहीं गयी। आबहवा बदल जायेगी। मैं अभी टिकट लेकर आता हूँ।''

''हम खुद टिकट ले लेंगे, तू यहीं बैठकर अपनी जोरू के पैर दबा!''

''अम्मा को गाँव मत भेजो। सब लोग क्या कहेंगे!'' राधा पूछती है।

''कोई कुछ नहीं कहेगा, जाने दो। थोड़े दिन गाँव घूम आयेगी नहीं तो यह ऐसे ही कबाब में हड्डी बनती रहेगी। देखना महीने-पन्द्रह दिन में आप ही वापस आ जायेगी। यहाँ तो ये दोनों बड़ा चौधरीपन दिखा रहे हैं, वहाँ घर में घुसते ही जब मामी की लताड़ पड़ेगी तो होश ग़ायब हो जायेंगे। मुझे जोरू का गुलाम कह रहे हैं और वहाँ मामी के सामने इनकी बोलती बन्द हो जाती है।''

माँ और मामा के जाते ही सारे घर पर गंजे और राधा का एकछत्र राज हो जाता है, कोई रोक-टोक नहीं। दोनों आज़ाद पंछियों की तरह उड़ते फिरते हैं। राधा को इस चमक-दमक और रौनक में गाँव और वहाँ की सखी-सहेलियाँ भूल-सी जाती हैं और तब आता है रमा का पत्र। "वहाँ जाकर तू जीजाजी में ऐसी मस्त हो गयी कि हम सबको बिल्कुल भूल गयी। न खुद आयी, न पत्र लिखा। अच्छा जा, माफ़ किया। मेरी शादी के बीस दिन बाक़ी हैं, जल्दी से आ जा। अगर तू न आयी तो मैं तुझसे कभी नहीं बोलूँगी।'' रमा का सन्देशा पाते ही राधा को गाँव जाने

की रट लग जाती है पर वह किसी भी क़ीमत पर उसे गाँव भेजने को तैयार नहीं है और तब राधा उससे नाराज़ होकर बोल-चाल बन्द कर देती है—नहीं, उसे न सिनेमा जाना है, न बाज़ार, न साड़ी चाहिए, न ज़ेवर। जब तक वह गाँव भेजने के लिए 'हाँ' नहीं करेगा, वह उसे अपने शरीर को हाथ भी नहीं लगाने देगी। तब आख़िर हार मानकर वह उसे भेजने के लिए राज़ी हो जाता है।

मनोरमा के ब्याह में केवल पाँच दिन बाक़ी रह गये हैं। घर नाते-रिश्तेदारों से भर गया है। हल्दी के उबटन से पीली देह जैसे टेसू फूल उठे हों। चारों तरफ़ हँसी-मज़ाक़ और क़हक़हे। रामनगर की बाहरी सरहद से लेकर हवेली तक आँखों को चकाचौंध कर देने वाली सजावट, जैसे पूरे गाँव ने लाल-हरी चुनरिया ओढ़ ली हो। इस राग-रंग, गाने-बजाने के बीच रमा को किसी की कमी खटक रही है तो अपनी प्यारी राधा की। कितने पत्र लिखे पर वह अभी तक नहीं आयी।

"आज सबेरे-सबेरे कौवा बोला है। आज मेरी राधा ज़रूर आयेगी।"

सचमुच उस दिन राधा आ पहुँचती है। उसे देखकर रमा और सब लोग एक पल के लिए अवाक् रह जाते हैं। उल्टा पल्ला, हाथ में बड़ा-सा पर्स, ऊँचा जूड़ा, ऊँची एड़ी के सैंडिल, कानों में लम्बे-लम्बे झुमके, होंठों पर गहरी लाली। दोनों सहेली ऐसे गले मिलती हैं जैसे बरसों बाद मिली हों।

"तो जीजाजी ने तुझे अपने रंग में रंग ही डाला।"

"जँच रही हूँ ना, अपने गंजे को ऐसे ही पसन्द हैं।"

"कितनी लम्बी ज़बान है इस छोकरी की!" बड़ी माँ कुढ़कर कहती है, "मरी, अब तो वह तेरा आदमी है, उसे गंजा कहती है!"

"अरे बड़ी माँ, मेरा आदमी हो जाने से क्या उसके बाल निकल आये? रहेगा तो वह गंजा ही।"

अकेले में मौक़ा पाते ही राधा रमा और तारा को अपनी शहरी ज़िन्दगी का हाल सुनाती है।

"अपना गंजा है बड़ा दिलदार। बीसों तो सिनेमा दिखाये। न जाने कितनी बार होटल में खाना खिलाया। जिस कपड़े-ज़ेवर पर हाथ रख

दूँ, फ़ौरन ख़रीदकर देता। अरी, ज़िन्दगी का असली मज़ा तो शहरों में ही है। जी ना करे खाना मत बनाओ, होटल में जाकर टाँग पर टाँग चढ़ा बैठ जाओ। बस शाम हुई, तैयार होकर घूमने निकल पड़े, बाज़ार में घूमे, होटल में खाया और सिनेमा में जा बैठे। तीन घण्टे ऐसे बीते जैसे तीन मिनट। एक अकेला हीरो सौ-सौ को पीट ले। ऐसी सुन्दर छोकरी जैसे हूर की परी। पर बड़ी बेशरम। कपड़े तो बस नाम को पहने... सच रमा, मेरा तो ऐसा जी करे कि रोज़ सिनेमा देखूँ। बड़ा मज़ा आता है।''

''तेरी सास?'' रमा और तारा के मुँह आश्चर्य से खुले हैं।

''बुढ़िया ने दो-चार दिन किटकिट करी तो गंजे ने ऐसा धमकाया कि गुस्से में भड़ककर मामा के साथ गाँव चली गयी। गंजा बोला,'देख, तूने लड़-लड़कर एक को तो परलोक भिजवा दिया, अब इससे कुछ भी बोली तो मुझसे बुरा कोई नहीं होगा।'' उसकी नक़ल देखकर तीनों हँसते-हँसते लोट-पोट हो गयीं।

''और तो सब ठीक है रमा, पर यह आदमी होते बड़े ख़राब हैं। गंजा तो मेरे ऊपर ऐसा टूटा जैसे भूखा भेड़िया। जैसे उसने ज़िन्दगी में औरत कभी देखी ही नहीं थी। आठ साल जिस औरत के साथ रहा, कभी भूलकर उसका नाम भी नहीं लेता। अब तो बस मेरे ऊपर लट्टू है। दिन कहूँ तो दिन, रात कहूँ तो रात। देखना यह तेरी भोली-भाली सूरत वाला राजकुमार तुझे कैसा सतायेगा।'' रमा के कान में धीरे-से कुछ कहती है। वह शर्म से लाल होकर दोनों हाथों से अपना मुँह ढक लेती है। रात गये तक तीनों गप्पें मारती रहती हैं। माँ काम से निबटकर आकर देखती है—तीनों ज़मीन पर लुढ़की गहरी नींद में सो रही हैं। उन्हें याद आता है अभी कल की तो बात है जब फ्राक पहनकर शैतानी किया करती थीं। दो दिन बाद रमा परायी हो जायेगी, यह सोचकर उनकी आँखें भर आती हैं।

मनोरमा की शादी की रौनक देखते ही बनती है। दोनों ठाकुरों ने दिल खोलकर ख़र्च किया है। बड़ी ठकुराइन की हर तरफ़ पुकार है। वह खीजकर कहती हैं-

''अरी ओ छोटी बहू, श्रृंगार से निबट गयी हो तो काम पर आ जा या बेटी के साथ सज-धजकर तेरा भी जाने का इरादा है।''

"अरे क्यों बिगड़ रही हो, जीजी!" छोटी ठकुराइन जिठानी के गले में हाथ डालकर कहती है, "मैं चली गयी तो तुम्हारे रंगीले देवर को कौन सँभालेगा?"

नरेन्द्र सिंह की बारात की शोभा, बैंड-बाजा और आतिशबाज़ी देखकर गाँव वाले हैरान रह जाते हैं। और सबसे ज़्यादा शोर मच रहा है इस बात का कि रात को नाचने के लिए आगरा से हीराबाई को बुलाया गया है। सारे गाँव के आदमियों के शरीर में जैसे बिजली दौड़ गयी है, दावत खाकर सीधे बैठक के अहाते में नाच देखने पहुँच जायेंगे। उनकी औरतें कुढ़कर कहती हैं–

"हाँ-हाँ, सजकर जल्दी पहुँचो, तुम न दीखे तो हीराबाई का दिल टूट जायेगा।"

"ज़रा कपड़ों का इतर और मूँछों के ताब तो देखो...अब तुम्हें देखकर हीराबाई वापस नहीं जायेगी।"

दरवाज़े पर वर की आरती होती है तो दूल्हे का रंग-रूप देखकर हर कोई न्योछावर हो जाता है, "क्या तेज़ है मुख पर, क्या लम्बा ऊँचा क़द। बड़ी क़िस्मत वाली है रमा। ठकुराइन, दूल्हा क्या है, साक्षात् कामदेव है। ज़रा नज़र उतार देना।" रात को फेरों के वक़्त नरेन्द्र के बड़े भाई पण्डित से कहते हैं, "पण्डित, ज़रा जल्दी-जल्दी काम करवाओ, क्यों सबकी नींद ख़राब कर रहे हो!"

"नींद की फिकर हो रही है या हीराबाई के नाच की! जाओ बेटा, जाकर देखो हम यहाँ सँभाल रहे हैं।"

फेरों का काम समाप्त होते ही बड़े-बूढ़े और पण्डित भी नाच का मज़ा लेने के लिए बैठक की ओर भाग लेते हैं। सब औरतें हँसकर छेड़ती हैं–

"शक्ल से बूढ़े हो गये तो क्या, दिल तो जवान है।"

"सुबह से भूखे हो, अब कन्यादान कर दिया है तो खा-पीकर जाओ।"

"हीराबाई को देखकर ही पेट भर जायेगा।"

बैठक का लम्बा-चौड़ा अहाता आदमियों से खचाखच भरा है। दीवारों, छज्जों, पेड़ों की शाखों पर सिर ही सिर नज़र आते हैं। औरतें भी छतों और झरोखों से झाँक रही हैं और तब हीराबाई बड़े नाजो-अदा के साथ ग़ज़ल गाकर नाचती है। लोगों की निगाहें अपलक हीराबाई के गोरे-चिट्टे गोल-मटोल मुँह पर टिककर रह गयी हैं। उसकी बड़ी-बड़ी आँखों के जादू और गाल के गड्ढे ने तो जैसे उन पर जादू कर दिया है, 'वाह-वाह' की पुकार और उड़ते नोटों की सरसराहट ने जो समा बाँधा है उसमें बहकर पण्डित दयाराम भी कुरते की जेब से दो रुपये का एक तुड़ा-मुड़ा नोट जो अभी फेरों पर दान-दक्षिणा में मिला है, हीराबाई की तरफ़ फेंक देते हैं तो औरतें पण्डिताइन को चिढ़ाती हैं, ''पण्डित को सँभालो प्रेमवती, हाथ से निकले जा रहे हैं।''

उधर आदमी पण्डित के पीछे पड़े हैं, ''पण्डित, सँभलकर घर जाना, आज तुम्हारी ख़ैर नहीं, बड़ी ज़ोर से मरम्मत बनने वाली है।''

अगले दिन पलँग और टीके के बाद उदासी भरी विदा की वेला आ जाती है। माँ-बाप का हृदय तड़प उठता है। आज तक कलेजे के टुकड़े को एक क्षण के लिए भी आँखों से दूर नहीं किया, उसे सदा के लिए पराये हाथों सौंपते हुए ठाकुर और ठकुराइन बिलखकर रो पड़ते हैं। हल्दी से पीले हाथों का छापा दरवाज़े पर लगाकर आँसू बहाती मनोरमा ससुराल चल पड़ती है। उसका रोना देखकर ससुरालवालों की आँखें भी भर जाती हैं। नरेन्द्र के बड़े भाई ठाकुर से कहते हैं–

''हिम्मत से काम लीजिए, रमा हमें जान से भी ज़्यादा प्यारी है। जिस दिन आपका मिलने का दिल करे सन्देशा भेज दीजिए, मैं ख़ुद लेकर हाज़िर हो जाऊँगा।''

ससुराल में मनोरमा का बड़ी धूमधाम से स्वागत होता है, रिश्ते की सारी बहनें दरवाज़ा रोककर खड़ी हो जाती हैं तो नरेन्द्र अपनी जेब में भरे ढेरों नोट, जो उसे टीके में मिले थे, उनकी गोद में डाल देता है। ''कुछ और चाहिए तो वह भी बोल दो, फिर ऐसा मौक़ा नहीं मिलेगा।''

"मैं तो जड़ाऊ कंगन लूँगी देवर जी, अभी से कहे देती हूँ।" भाभी कंगना खोलने की रस्म में हर बार रमा को जिताना चाहती है पर वह हाथ ढीले कर नरेन्द्र को ही जिता देती है।

"जब मियाँ-बीवी राज़ी तो क्या करेगा क़ाज़ी।" नरेन्द्र भाभी को चिढ़ाता है।

शाम को भाभी अपने हाथों से मनोरमा को सजाती है। फिर उसके गाल पर एक छोटी-सी काजल की बिन्दी लगाकर कहती है, "कितनी प्यारी लग रही है मेरी गुड़िया, कहीं किसी की नज़र न लग जाये।" सलमें-सितारे जड़ी लाल साड़ी और हीरे-मोतियों की जगमगाहट में मनोरमा सचमुच अप्सरा-जैसी लग रही है। वह शरमाकर अपनी निगाहें झुका लेती है। अचानक उसकी निगाह दरवाज़े पर जाती है-नरेन्द्र खड़ा मुसकरा रहा है।

"देवर जी, अभी आप यहाँ से तशरीफ ले जाइये। बहूरानी को देखने सैकड़ों लोग आने वाले हैं, तुम्हारा नम्बर सबसे बाद में आयेगा, समझे..."

"समझा भाभी, समझा... लेकिन क्या दूर से देखने की भी मनाही है, तुम तो बड़ी सख़्त चौकीदार हो।"

"अरे, कुछ शरम करो... दादी ने देख लिया तो तुम्हारे कान खिंच जायेंगे, समझे... थोड़ी देर और सबर करो, फिर पूरी रात पड़ी है हम खुद ही तुम्हें बुला लेंगे..."

रात की दावत के लिए आये हुए मेहमानों को विदा करते-करते आधी रात हो जाती है। तब भाभी देवर को पकड़कर कमरे तक लाती है। फिर दरवाज़े पर दोनों हाथ रखकर कहती है-"मेरी कलाई में सोने के कंगन पहनाओ, तब अन्दर जाने दूँगी।"

उन फैले हुए हाथों को अपनी आँखों पर लगाकर नरेन्द्र कहता है, "ऐसे कंगन पहनाऊँगा, जो किसी भाभी ने नहीं पहने होंगे।"

"वायदा रहा? अच्छा अन्दर जाओ... ज़रा सबर से काम लेना। बड़ी भोली-भाली गुड़िया जैसी है, बड़ी मुश्किल से बैठाकर आयी हूँ। कह रही थी तुम भी यहीं बैठो।"

"चलो फिर बैठो न।"

दिल पर हाथ रखकर भाभी छेड़ती है, "दिल सँभालो, देवर जी! तुम्हारी आँखें कह रही हैं इस वक़्त भाभी नहीं, नयी-नवेली चाहिए।" देवर को अन्दर पहुँचाकर दरवाज़ा बन्द कर देती है। नरेन्द्र देखता है रमा खिड़की के पास खड़ी है। वह पास जाकर उसके कन्धों पर हाथ रख देता है। रमा चौंककर अपना घूँघट खींच लेती है।

"मुझे अपना मुँह नहीं दिखाओगी? अच्छा ना सही, आओ बैठ जाओ।"

रमा सिर हिलाकर ना करती है।

"सारी रात यूँ ही खड़ी रहोगी?"

रमा हाँ में सिर हिलाती है।

"क्यों?"

"तुम मुझे सताओगे।"

"मैं तुम्हें सताऊँगा।" नरेन्द्र खिलखिलाकर हँस पड़ता है, "किसने कहा?"

"राधा ने।"

"कौन राधा?"

"मेरी सहेली।"

"वह कैसे जानती है?"

"उसकी अभी शादी हुई है।"

"अगर मैं कहूँ, मैं नहीं सताऊँगा तो यक़ीन करोगी।"

"मेरी क़सम खाओ।"

"अच्छा, लो क़सम खाता हूँ, अब तो आओ।"

"ऐसे नहीं, मुझे छूकर।"

"अच्छा लो, तुम्हें छूकर क़सम खाता हूँ।" वह उसे गोदी में उठाकर बिस्तर पर रख देता है। रमा शरमाकर दोनों हाथों से मुँह ढक लेती है।

"मुँह नहीं दिखाओगी, कुछ बोलोगी नहीं तो रात कैसे कटेगी? फिर कल तुम वापस चली जाओगी। क्या पण्डित को कुछ घूस खिला दी थी, जो उसने अगले दिन ही वापसी की तिथि निकाल दी!"

"पण्डित काका से जो बड़ी माँ कहती हैं वह कर देते हैं।"

"अच्छा तो यह बड़ी माँ का हुक्म था। तुमने क्यों नहीं कहा, मैं एक दिन में वापस नहीं आऊँगी।"

"ऐसे कोई कहता है।"

"अच्छा अब तो तुम मुझसे बातें कर रही हो, अब तो मुझे अपना मुँह देखने दो" नरेन्द्र उसके मेहँदी लगे हाथों को अपने हाथों में लेकर उसकी ठुड्डी उठाकर कहता है, "भाभी ठीक कहती थीं, तुम कितनी सुन्दर हो। तुम्हारी फ़ोटो देखकर ही मैं तुम्हारा हो गया था। तुम भी तो मुझे देखो, कैसा लग रहा हूँ तुम्हें?"

"मैंने भी फ़ोटो देखी थी।"

"पसन्द आयी?"

रमा 'हाँ' में सिर हिलाती है।

"देखो रमा, घड़ी में एक बज रहा है। सुबह तुम चली जाओगी, थोड़ा-सा वक़्त है अपने पास। कुछ बोलो, बातें करो।"

"क्या बोलूँ?"

"जो अच्छा लगे। जानती हो रमा, मैंने बचपन में ही माँ-बाप को खो दिया था। पर दादी ने कभी कोई कमी महसूस नहीं होने दी। भाभी ने माँ और बहन दोनों का प्यार दिया है और अब तुम मिल गयीं। हूँ न क़िस्मत वाला!" तुम भी मुझे बहुत प्यार दोगी न?"

रमा शरमाकर 'हाँ' में सिर हिलाती है।

"मुझे छोड़कर कहीं मत जाना।"

"पर कल तो जाना ही पड़ेगा।" रमा घबराकर कहती है।

"हाँ, कल की तो मजबूरी है।" वह मुस्कराकर कहता है।

"तुम भी कुछ बताओ अपने बारे में, अपने घरवालों के बारे में?"

"सब बहुत प्यार करते हैं मुझे।"

"मैं जितना प्यार करूँगा, उतना किसी ने कभी नहीं किया होगा?

रमा शरमाकर लाल हो जाती है।

"मुझसे अब क्या शरमाना? तुम मेरी हो, मैं तुम्हारा हूँ। आओ, ठीक से लेट जाओ, थक गयी होगी।"

''नहीं-नहीं, मैं ऐसे ही ठीक हूँ।'' वह घबराकर कहती है।

''अच्छा, मैं तो ऐसे ठीक नहीं हूँ, मैं लेट जाता हूँ।''

नरेन्द्र रमा की गोद में सिर रखकर लेट जाता है। ''कितना आराम मिल रहा है ऐसे लेटकर; कल तुम चली जाओगी तो कैसे रहूँगा?''

"अब तक कैसे रहते थे?''

''तुम्हें देखा नहीं था... तुम्हें मैं याद आऊँगा न, रमा?''

रमा 'हाँ' में सिर हिलाती है।

नरेन्द्र उसके हाथ अपनी आँखों पर रखकर कुछ देर चुपचाप लेटा रहता है और फिर उसकी मेहँदी लगी हथेली थाम लेता है। फिर उठकर उसके गले में अपनी बाँहें डालकर अपने सीने से लगा लेता है। रमा अपनी शर्म से बोझिल आँखें नीचे झुकाकर उसके कन्धे पर अपना सिर टिका देती है। दोनों धीरे-धीरे एक-दूसरे की तरफ़ देखकर मुसकराते हैं। नरेन्द्र उसकी चिबुक उठाकर बड़े प्यार से उसके बाल, आँखें, गाल, होंठ–सब धीरे-धीरे छूता है और फिर उसके गुलाब जैसे होंठों पर दुलार भरे भरपूर चुम्बन अंकित कर देता है। रमा की आँखें मुँद गयी हैं, जैसे वह इस दुनिया में नहीं है। लगता है जैसे सब स्पन्दन रुक गये हैं, वक़्त थम गया है। फिर अचानक दोनों चौंक पड़ते हैं–पौ फट रही है, चिड़िया चहचहा रही हैं। बाहर आँगन में रामू की आवाज़ आती है। ''अरी ओ कलावती! ले, दूध की बाल्टी ले जा। कब तक सोयेगी!''

रमा चौंककर कहती है, ''मैं जाऊँ?''

''थोड़ी देर और बैठो न, जल्दी क्या है?''

''नहीं, माँ ने कहा था, आठ बजे तक पड़ी सोती मत रहना। ससुराल है, पाँच बजे उठ जाना।''

''वहाँ आठ बजे तक सोती हो?''

रमा मुसकराकर 'हाँ' कहती है।

''अगर मैं न जाने दूँ?'' नरेन्द्र उसे बाँहों में भर लेता है। ''बोलो, मैंने तुम्हें सताया तो नहीं?''

रमा 'ना' का सिर हिलाती है।

''अपनी सहेली से कहना, झूठी बातों से लोगों को डराया न करे।''

"वह झूठी नहीं... उसका गंजा ऐसा ही है।"

"मैं तो गंजा नहीं...।"

रमा प्यार से उसके बालों में उँगलियाँ फेरती है।

"मैं शहर जाऊँगा, भाभी के कंगन लाने... बोलो, तुम्हारे लिए क्या लाऊँ?"

"कुछ नहीं..."

"तुम्हें मेरी क़सम।"

"अरे... रे, क़सम क्यों देते हो? लम्बे-से झुमके, बड़ा-सा पर्स, ऊँची एड़ी के सैंडिल।"

"और कुछ... लिपस्टिक, सेंट पर तुम्हें इनकी क्या ज़रूरत है... यह होंठ खुद ही इतने लाल हैं, और तुम्हारे बदन की खुशबू... ।"

"शी... !" रमा उसके होंठों पर हाथ रख देती है।

"अब जाने दो। छः बजने वाले हैं। बाहर सब लोग उठ गये हैं।"

"दिल तो नहीं होता...अच्छा, पाँच मिनट और बैठो, फिर चली जाना। मुझे रोज़ चिट्ठी लिखा करोगी न? दादी से कहकर तुम्हें जल्दी से लिवा लाऊँगा।"

पाँच मिनट वह रमा को एकटक देखता है, फिर बाँहों में भरकर एक अन्तिम चुम्बन–"अच्छा, जाओ।"

दरवाज़े से बाहर निकलने के पहले रमा एक बार फिर मुड़कर देखती है–वह उसे एकटक देख रहा है। सुबह नाश्ते पर भाभी और रिश्तें की बहनें दोनों को खूब चिढ़ाती हैं। हर बार रमा जब भी नज़र उठाती है, देखती है, नरेन्द्र उसे ही देख रहा है और वह शरमाकर पलकें झुका लेती है। थोड़ी देर बाद विक्रम उसको विदा कराने आ जाता है, और वह अपने गाँव वापस चल पड़ती है। भारी मन और सीने में पहले-पहले प्यार की कसक लिए जाने से पहले नज़रें उठाकर घूँघट की ओट से देखती है, नरेन्द्र उसे अपलक एकटक देख रहा है।

घर वापस आकर वह माँ, ताई और तारा से लिपट जाती है। राधा उसके वापस आने तक रुकी थी। मौक़ा मिलते ही पूछती है, "कल रात कैसी बीती? सच कहा था न... खूब सताया?"

"नहीं री, ज़रा भी नहीं। बस बातें करते रहे बड़े प्यार से।"

"झूठी कहीं की! बस प्यार से बातें करते रहे, और कुछ नहीं?"

"मैंने क़सम जो ले ली थी।"

"और वह मान गया...?"

"हाँ, वे बहुत प्यार जो करते हैं मुझे।"

रमा का शरीर माँ के घर है, पर मन नरेन्द्र के पास। रोज़ एक चिट्ठी आती है, प्यार और दुलार से भरी। गौना एक महीने बाद होगा, उसी धूमधाम से। ठाकुर साहब की ज़िद है, एक बार फिर दरवाज़े पर रौनक हो जायेगी। उनके लिए तो रमा ही बेटा-बेटी दोनों है। उन्हें नहीं मालूम, बेटी को प्रेम-रोग हो गया है, रात-रात-भर नींद नहीं आती।

रमा को खोया-खोया देखकर सब चिढ़ाते हैं। तारा कहती है, "जीजा जी ने कुछ जादू कर दिया दीखता है, जो होश-हवास गँवा बैठी हो...अरे, मुहब्बत में तो ऐसा हो ही जाता है।"

"चल भाग, पागल कहीं की!"

"लो, और सुनो...पागल हम नहीं, तुम हो रही हो, समझी प्रेम-दीवानी!"

आठ दिन बाद करवाचौथ है। रमा का पहला-पहला व्रत। नरेन्द्र ने लिखा है, "मैंने दादी और भाभी को मना लिया है...उस दिन तुम मेरे लिए भूखी-प्यासी बैठी रहोगी, शाम को सज-धजकर चन्द्रमा की पूजा के लिए छत पर चढ़ोगी, तो उस चाँद के साथ मैं भी तुम्हारे पास पहुँच जाऊँगा। सच, तुम्हारे बिना एक दिन एक युग के बराबर लगता है। दादी कहती है, मैं बड़ा बेशरम हूँ, ससुराल जाने का बहाना ढूँढ़ रहा हूँ। कोई कुछ भी कहे, मेरी रमा सारा दिन मेरे लिए भूखी बैठी रहे और मैं उसके पास न पहुँचूँ, यह हो ही नहीं सकता। शहर से तुम्हारे लम्बे झुमके, सैण्डिल, पर्स, साड़ी—सब ले आया हूँ...मैं सात-आठ बजे तक पहुँच जाऊँगा। फिर साथ ही खाना खायेंगे और उसके बाद तुम मेरी बाँहों में होगी...अबकी तो कोई क़सम नहीं लोगी न?"

व्रत वाले दिन रमा बड़ी ख़ुश है—आज उसका प्रियतम उसके पास आ रहा है। सुबह से कई बार नरेन्द्र की चिट्ठी निकालकर पढ़ी है। लगता

है जैसे घड़ी की सूइयाँ आगे बढ़ ही नहीं रहीं। तारा छेड़ती है, ''जीजा जी के आने की खुशी में भूख-प्यास किसे लगती है? वाह भई, जादू ऐसा, जो सिर चढ़कर बोले।''

शाम को रमा की सज-धज देखते ही बनती है। पहला त्योहार और पिया-मिलन। बेटी के रूप पर माँ की नज़र नहीं टिकती। एक छोटा-सा काजल का टीका लगाकर कहती हैं, ''मेरी लाड़ली को किसी की नज़र न लग जाये।''

''उन्हीं की लगेगी, जो आने वाले हैं।'' तारा रमा को चुटकी काटती है।

''तू आज मार खाये बिना नहीं मानेगी।''

माँ और ताई के साथ पूजा करने छत पर चढ़ती है, तो उसकी एक आँख चन्द्रमा पर है और दूसरी दरवाज़े पर। उन्होंने तो लिखा था–शाम होते पहुँच जायेंगे, और अब तो नौ बजने वाले हैं। चाँद को पूजा-अर्पण कर जब वह भगवान से अपने अटल सौभाग्य का वरदान माँगती है, तो जैसे दुर्भाग्य अट्टहास कर उठता है। सबके कहने पर भी कौर गले से नहीं उतरता। नहीं, वह उनके बिना नहीं खायेगी...वह उनका इन्तज़ार करेगी, और तब आती है दिल को दहलाने वाली ख़बर–लौटती बार नरेन्द्र की जीप का एक ट्रक से एक्सीडेंट हो गया है और यह बहुत गम्भीर हालत में अस्पताल में पड़ा है। ठाकुर साहब जब रमा को लेकर वहाँ पहुँचते हैं तो नरेन्द्र अपनी अन्तिम साँस ले रहा होता है। रमा जब अपने मेहँदी-रचे लाल चूड़ियों से भरे हाथ उसके ठण्डे हाथ पर रखती है तो एक क्षण के लिए नरेन्द्र आँखें खोलकर अपनी लाल साड़ी में सजी दुल्हन को देखता है...जैसे उसे देखने के लिए ही मौत से लड़ रहा था और फिर सदा के लिए सो जाता है।

''नहीं...नहीं...नहीं...'' रमा चीख़कर बेहोश होकर गिर जाती है। पलँग की पाटी से टकराकर उसकी लाल-हरी चूड़ियाँ चूर-चूर हो जाती हैं।

दोनों परिवारों पर जैसे वज्रपात हो गया है। नरेन्द्र की दादी, जिन्होंने सारा जीवन इन पोतों के सहारे काट दिया था, जवान बेटे-बहू के जाने

का ग़म भी इन बच्चों को पाल-पोसकर बड़ा करने की चाह में भुला दिया था, जैसे एकदम टूट गयी और नरेन्द्र की मृत्यु के आठ दिन बाद ही चल बसीं। भाभी की आँखों के आँसू नहीं टूटते। नरेन्द्र की आख़िरी निशानी—वे जड़ाऊ कंगन, जो वह शहर से उनके लिए लाया था और अपने हाथों से भाभी की कलाई में पहनाये थे, देख-देखकर उनका कलेजा फटता रहता है। एक क्षण के लिए भी वह दृश्य नहीं भूलता, जब वह शहर से वापस आया था, कितने सारे डिब्बे थे उसके हाथ में...

"भाभी! ओ भाभी! कहाँ गयीं? देखो, क्या-क्या लाया हूँ...।"

मुन्नी, दादी, भैया, भाभी—सब उसे घेरे खड़े थे।

"सबसे पहले तू ले अपना फ्रॉक और गुड़िया।" मुन्नी को प्यार करते हुए उसने कहा था।

"दादी, यह लो तुम्हारी शाल। कश्मीरी शाल है। अबके जाड़ों में ख़ूब काम आयेगा।" दादी के कन्धों पर शाल उढ़ाते हुए वह बोला था और दादी ने पोते का माथा चूम लिया था।

"भैया, तुम्हारे लिए यह नये डिजाइन की घड़ी लाया हूँ। भाभी के मैके वाली यह घड़ी अब रामू को दे दो। बिल्कुल बण्डल घड़ी है।" भाभी को चिढ़ाने के लिए उनके मैके की घड़ी की हँसी उड़ाते हुए भैया के हाथ में नयी घड़ी बाँध दी थी।

"और अब है बारी मेरी भाभी की, हाथ आगे लाओ...पचासों दुकानों पर देखकर लाया हूँ।"

भाभी की कलाई में कंगन पहनाते हुए देवर-भाभी मारे ख़ुशी के कुछ कह नहीं पाते और तब भाभी रुँधे कण्ठ से कहती हैं, "जुग-जुग जीओ, मेरे भैया! मेरी उमर भी तुम्हें लग जाये।" जड़ाऊ कंगनों से सजे हाथ आगे बढ़ाकर भाभी उसकी बलायें ले लेती हैं। तभी मुन्नी की निगाह थैले में रखे दूसरे डिब्बों पर पड़ती है। "चाचा, इनमें क्या है?" और नरेन्द्र के 'कुछ नहीं, कुछ नहीं' कहते भी सारे डिब्बे खोल डालती है—ऊँची एड़ी के सैंडिल, बड़ा-सा पर्स, लम्बे-से झुमके....

"ये सब क्या है, देवर जी...?" अबकी भाभी के छेड़ने की बारी है।

"तुम ले लो ना, भाभी... तुम्हें जो पसन्द है, ले लो।"

"मैं क्यों ले लूँ? जिसके लिए लाये हो उसी को देना। बस दो दिन बाक़ी हैं, वे भी किसी तरह काट लो।"

"भाभी..."

"भई, आजकल के लड़के बड़े बेशरम हैं। यह बड़ा तो सदा से ही शैतान है। इस छोटे को मैं सीधा समझती थी, पर ब्याह होते ही देखो कैसे पर निकल आये हैं। कुछ दिन बहू से अलग रहना कैसा भारी पड़ रहा है। कोई इससे पूछे यह बिना बात ससुराल क्यों जा रहा है, बहू तो पन्द्रह दिन बाद ही आयेगी...।"

"अरे दादी, तुम नहीं समझोगी...प्यार का चक्कर ऐसा ही है।" दादी का मुँह-लगा पोता उनके गले में बाँहें डालकर पूछता है, "तुम बताओ दादी, तुमने दादा से प्यार-भरी बातें कब की थीं?"

"चल हट, बेशरम कहीं का!" दादी प्यार का चपत लगाते हुए कहती हैं, "हमारे ज़माने में ऐसे बड़ों-बड़ों की शादी थोड़े ही होती थी कि फेरे पड़े नहीं और लगे प्यार की पींगें बढ़ाने। आठ साल की मैं थी और बारह के तेरे दादा। ब्याह के बाद ससुराल आयी तो माँ ने हमारी पुरानी नौकरानी साथ भेजी थी। वह कहे–'बिटिया, चुपचाप बैठो।' पर मैं कहाँ मानने लगी। तेरे दादा और उनके भाइयों के साथ ख़ूब आँख-मिचौनी और चोर-सिपाही खेली...मेरे मन में तो कोई पाप नहीं था पर तेरे दादा कुछ-कुछ दुनियादारी की बातें जानते थे। जहाँ अकेले देखें चुटकी काट लें...नयी जगह थी, सो एकाध बार तो मैं चुप रही, पर जहाँ तीसरी बार हाथ लगाया मैंने चिल्ला-चिल्लाकर सारा घर सिर पर उठा लिया, 'अरे, इस लम्बू को देखो, जब अकेले देखे तभी नोच ले।' सारा घर इकट्ठा हो गया। सासूजी ने ख़ूब प्यार किया। बेटे को डाँटा-धमकाया, तब जाकर चुप हुई। अगले दिन बड़े भैया लिवाने आये तो उनसे शिकायत की। तीन दिन तक मैं भैया से इसलिए नहीं बोली थी कि उन्होंने मेरे कहने से तेरे दादा जी की पिटाई नहीं की थी...ऐसे भोले-भाले थे हम।" सब लोग हँस-हँसकर लोट-पोट हो गये थे। ससुराल जाते वक़्त कैसा सज-धजकर निकला था।

''जाऊँ, भाभी!''

''जाओ, देवर जी, जाओ? ...ओहो, कैसी खुशबू उड़ा रहे हैं। क्या पूरी शीशी उलट ली है?''

''जँच रहा हूँ न?''

''क्या कहने हैं... पर ज़रा दिल सँभालकर जाना। आज करवाचौथ है, वहाँ वह भी ऐसी सजी बैठी होगी कि देखकर आँखें चकाचौंध हो जायेंगी।''

''मैं जाऊँ, दादी...?''

''जा, अब तू नहीं मानता तो मिल आ अपनी बहू से, पर कल शाम तक ज़रूर वापस आ जाना... ससुराल में ज़्यादा नहीं रुकना चाहिए।''

''अगर उन्होंने बहुत रोका तो एक दिन और रुक जाऊँगा।''

''देखा, दादी...'' बड़े भैया कहते हैं, ''तुम मुझे ही ढीठ और बेशरम समझती हो, देख रही हो अपने भोले-भाले के हाल!''

''अरे, इसकी शक्ल ही भोली-भाली है, अन्दर से बड़ी लम्बी दाढ़ी है इसके पेट में...। अरे नरेन्द्र, चाहे तो रामू को अपने साथ ले जा।''

''दादी, अब मैं बड़ा हो गया हूँ। अब इतनी फिकर करना छोड़ दो।''

''देख बेटा, कल आ जाना और जीप धीरे-धीरे चलाना।''

नरेन्द्र जीप से उतरकर दादी के पास आकर उसके गले में हाथ डाल कर कहता है, ''तुम तो ऐसे चिन्ता कर रही हो, जैसे मैं बड़े लम्बे सफ़र पर जा रहा हूँ... अच्छा, कल आ जाऊँगा... बस अब तो खुश हो।...''

''जा, बेटा, जा।'' दादी उसका माथा चूमकर कहती हैं। सबकी तरफ़ ज़ोर-ज़ोर से हाथ हिलाता हुआ वह अपनी प्रियतमा से मिलने चल पड़ता है ...अभी उसे गये आधा घण्टा भी न हुआ था कि पास के गाँव के लोग एक्सीडेंट की ख़बर लेकर दौड़े हुए आते हैं। यह लोग वहाँ पहुँचकर देखते है—नरेन्द्र खून से लथपथ बेहोश पड़ा है और चारों तरफ़ बिखरे पड़े हैं–साड़ी, माला, पर्स, जूते और लम्बे-लम्बे झुमके।

उस ख़ोफ़नाक दृश्य को देखकर दादी की आँखें फटी रह गयी थीं और आठ दिन के अन्दर ही वह पोते का लाया शाल ओढ़कर सदा के लिए चली गयी। जाने से पहले इतना ही कहा था, ''आ गया बेटा, मुझे

लेने, कब से तेरी राह देख रही थी। ला, ये शाल अच्छी तरह उढ़ा दे, अबकी जाड़ों में ख़ूब काम आयेगा... अकेला ही आया है... बहू को कहाँ छोड़ आया?''

भाभी का रहा-सहा सहारा भी चला गया, अब वह हैं और बीते दिनों की कसक भरी यादें।

मनोरमा के साथ उसके मैके वालों की भी दुनिया उजड़ गयी। जो घर हँसी-ख़ुशी और क़हक़हों से गूँजता रहता था, अब वहाँ ऐसा डरावना सन्नाटा है कि सूई गिरने की आवाज़ भी शोर मालूम पड़ती है। उनके चारों तरफ़ ऐसा गहन अन्धकार छा जाता है, जिससे निकलने का कोई रास्ता सुझाई नहीं देता। माँ-बेटी पत्थर का बुत बनी बैठी रहती हैं। क्या कहकर दुखिया माँ अभागिन बेटी को समझाये। जीवन की आशा ही टूट गयी तो जीकर भी क्या होगा। ठकुराइन को लगता है, यह रमा नहीं, उसकी ज़िन्दा लाश है, जो किसी तरह खिसक-खिसककर दम तोड़ रही है। इस जीवित लाश के लिए संसार जल गया है, प्रलय हो चुकी है। अगर कुछ बाक़ी है तो जीवन के वे छह घण्टे, जो उसने नरेन्द्र की बाँहों में गुज़ारे हैं, उन्हीं को बार-बार जीकर वह साँस ले पा रही है, नहीं तो दम घुट गया होता। अपनी सहेली की बर्बादी की ख़बर सुनकर राधा दौड़ी हुई आती है और दोनों गले मिलकर फूट-फूटकर रो पड़ती हैं।

छह महीने छह युग के बराबर बीतते हैं और फिर एक दिन मनोरमा के जेठ लिवाने आ पहुँचते हैं।

''नरेन्द्र तो नहीं रहा पर हम सबके दिल में रमा के लिए वही प्यार है जो पहले था। दादी के चले जाने से राजरानी एकदम अकेली पड़ गयी है। छह महीने से रो-रोकर बेहाल हो रही है। एक बार रमा को देखने की ज़िद पकड़ ली है... उसकी कमज़ोरी और हालत देखकर डॉक्टर कहते हैं, जैसे भी हो, इन्हें ख़ुश रखने की कोशिश करो वरना माँ और बच्चे की जान को ख़तरा हो सकता है। अगले महीने उसे बच्चा होने वाला है।''

''क्या करेगी वहाँ जाकर!'' ठकुराइन लम्बी साँस लेकर कहती हैं, ''जिससे नाता था, वही नहीं रहा तो...।''

"जाने दो।" ठाकुर साहब राय देते हैं, "वहाँ जाकर शायद मन कुछ बहल जाये। अब तो इन्हीं दो घरों के बीच इसे पूरी ज़िन्दगी काटनी है।"

मनोरमा के मन में भी एक बार फिर से उस पर, उस कमरे, उस बिस्तर को देखने की चाह उभर जाती है जहाँ उसने एक रात अपने प्रेमी की बाँहों में काटी थी और वह जाने को राज़ी हो जाती है। ससुराल में जिठानी उसे कलेजे से लगाकर बिलख उठती है, "उसे पाकर मैं भाई, बेटा—सब कुछ पा गयी थी। हमारी दुनिया लूटकर भाग्य को क्या मिल गया रमा, तू यह पहाड़ सी ज़िन्दगी कैसे काटेगी..."

एक बार फिर वही जगह, वही कमरा जहाँ वह छह महीने पहले सोलह श्रृंगार करके प्रियतम से प्रथम मिलन के लिए आयी थी। उसे लगता है, वह पलँग पर बैठा उसे अपने पास बुला रहा है। उसका एक-एक शब्द रमा के हृदय को छलनी करके निकल जाता है, "जितना प्यार मैं करूँगा उतना किसी ने नहीं किया होगा... तुम भी मुझे बहुत प्यार दोगी न... तुम्हारे बिना मैं कैसे रहूँगा?"

पलँग की पाटी पकड़कर वह फूट-फूटकर रो पड़ती है, "तुम मुझसे इतने नाराज़ हो गये जो सदा के लिए छोड़ गये मुझे—मेरी क़सम का इतना बुरा मान गये! बोलो, किसके सहारे छोड़ गये हो मुझे? मैं कैसे जीऊँ, मुझे भी अपने पास बुला लो।"

जिठानी के प्यार और मुन्नी की मीठी बातों में दिन तो किसी तरह कट जाता है पर रात तो जैसे काली नागिन है जो उसे बार-बार डसने के लिए ही आती है। नरेन्द्र हर रात उसे दरवाज़े पर दिखाई देता है। वह उसके पीछे चिल्लाती हुई भागती है पर पकड़ नहीं पाती और अचानक वह अपने को एक ऐसे गड्ढे में गिरते हुए देखती है जिसका अन्त ही नहीं है। चीख़कर उठ बैठती है तो पसीने से तर शरीर, आँसुओं से भीगी आँखें और धौंकनी की तरह चलती हुई छाती—सब कुछ होता है, केवल नरेन्द्र नहीं होता।

एक रात अचानक राजरानी की तबीयत बहुत ख़राब हो जाती है। गाँव के अस्पताल के डॉक्टर को बुलाने पर वह फ़ौरन शहर ले जाने की सलाह देते हैं। माँ की हालत ठीक नहीं है, शायद सीजेरियन ऑपरेशन

करना पड़े। इसलिए पास के शहर के बड़े अस्पताल में ले जाना ही उचित रहेगा। नरेन्द्र सिंह राजरानी को बड़े अस्पताल ले जाते हैं जहाँ माँ और बच्चे की हालत देखकर डॉक्टर फ़ौरन ऑपरेशन कर देते हैं। बेटे का मुँह देखकर राजरानी रो पड़ती है–

"पला-पलाया बेटा छीनकर इसे भेज दिया है भगवान ने। यह मेरा नरेन्द्र ही है। इसका नाम मैं नरेन्द्र ही रखूँगी।"

घर में रमा मुन्नी के साथ अकेली रह जाती है। राजरानी को दस दिन अस्पताल रहना होगा। घर के पुराने नौकर रामू और उसकी औरत कलावती काम निबटाकर अपनी कोठरी में सोने चले जाते हैं और तब उस सुन्दर जवान लड़की को देखकर, जो उसके छोटे भाई की विधवा है, वीरेन्द्र सिंह के मन में सोया हुआ शैतान जाग उठता है। वह अपने पर क़ाबू पाने की कोशिश करता है पर रमा के रूप-यौवन का नशा उसे पागल बना देता है। और एक रात वह उस कमरे में घुस जाता है जहाँ रमा सो रही है। उसकी मासूम रूपराशि वीरेन्द्र सिंह के लोलुप मन को झकझोरकर रख देती है और वह इन्सानियत का हर तकाज़ा भूलकर उसे पाने के लिए बेचैन हो उठता है। उसी कमरे में उसी बिस्तर पर जहाँ छह महीने पहले रमा ने अपनी सुहागरात मनायी थी और उसके देवता जैसे पति ने केवल प्यार भरे दो चुम्बन लेकर उसे वापस भेज दिया था, उसके राक्षस भाई द्वारा एक बेसहारा लड़की की इज़्ज़त लूट ली जाती है। रमा के मुँह पर झुकता हुआ वह चेहरा जिसे वह सपने में नरेन्द्र समझकर अपने पास बुला रही है, अचानक बीभत्स हो उठता है। उसकी चीख़ों को मसलकर दबा देने वाले हाथ लोहे जैसे कठोर हैं और लाख चाहने पर भी वह उस दानव से अपने आपको नहीं बचा पाती।

सुबह छह बजे जब रामधन और कलावती काम पर आते हैं तो रमा की विक्षिप्त अवस्था देखकर परेशान हो उठते हैं, "क्या हुआ, छोटी बहू!"

"जाओ, गाड़ी लेकर आओ, मैं घर जाऊँगी।"

"क्या बात है, बहू रानी? तुम्हारा जी तो ठीक है न... ऐसे क्यों देख रही हो...?"

"मैं अभी जाऊँगी... गाड़ी लाओ!"

"ऐसे कैसे जाओगी, बड़ी मालकिन घर पर नहीं हैं, बड़े मालिक सबेरे पाँच बजे उठकर शहर चले गये हैं। जब वे लोग आ जायें, चली जाना..."

"तुम गाड़ी लाते हो या पैदल चली जाऊँ?" रमा चीख़कर कहती है।

"कोई बुरा सपना देखा है, बहू रानी...?"

"हाँ, बहुत बुरा। ज़िन्दगी भर नहीं भूलूँगी। बड़ी मालकिन जब घर आ जायें, उनसे कह देना, देवर के साथ मुझे भी मरा समझ लें।"

रामधन के साथ जाते हुए रमा को याद आता है वह दिन जब एक दिन धूमधाम से वह बहू बनकर इस गाँव में आयी थी और विक्रम भैया के साथ पहले प्यार के सपने और मीठी कसक लिए वापस गयी थी... कुछ दिन पहले क़िस्मत के हाथों लुटी एक विधवा अपने खोये प्यार की एक झलक देखने फिर इस गाँव में आयी थी और आज एक हैवान के हाथों अपना बचा-खुचा लुटाकर माँ के दामन में सिसकने जा रही है... अगर इसी का नाम ज़िन्दगी है तो इससे मौत ही लाख दरजे बेहतर है।

अचानक उसे इस तरह नौकर के साथ लौटते हुए देखकर सब अचम्भे में रह जाते हैं।

"मुझसे नहीं रहा गया वहाँ।" कहकर रमा माँ से लिपटकर रो पड़ती है।

"मैंने तो पहले ही कहा था, जिसके लिए वहाँ जाना था, वही नहीं रहा तो काहे का रिश्ता, काहे की ससुराल!"

मगर अभागी रमा के दुखों का अन्त अभी नहीं हुआ है, जो बात वह अपनी माँ को गहन कष्ट से बचाने के लिए मुँह से नहीं निकाल पायी थी, क़िस्मत ने खुद ही कह दी। उसे बिस्तर में औंधे मुँह पड़े बार-बार उल्टी करते देखकर जब माँ ने पूछा, "क्या हुआ है, रमा?" तो वह फूट-फूटकर रो पड़ी।

"माँ, मैं क्या करूँ, कहाँ जाऊँ..." दारुण व्यथा से जीर्ण पीला चेहरा अपनी माँ की गोद में छिपाकर रमा ने हिचकियों से टूटते स्वर

में अपने जेठ की हैवानियत और अपनी इज़्ज़त लूटे जाने की बात कही तो वह सन्न रह गयी।

अपनी बिलखती बेटी को सीने से लगाकर रो पड़ी, ''हे भगवान! अब यह अभागिन कहाँ जायेगी? इसके बाप और ताऊ ने सुन लिया तो एक गोली उस कमीने के सीने में दाग देंगे और दूसरी अपने और बेटी के...''

''माँ... मुझे थोड़ा-सा ज़हर दे दो... हम सबके दुखों का अन्त हो जायेगा।''

पर आज तक किसी माँ ने अपनी बेटी को ज़हर नहीं दिया है। रात-दिन ठकुराइन के मन में एक द्वन्द्व छिड़ा रहता है—क्या करें? कैसे अपनी बेटी को बदनामी से बचायें? बड़ी ठकुराइन कहती हैं, ''बेटी के ग़म में तू बावली तो नहीं हो गयी। तीन बार मैंने तुझे आवाज़ दी है और तू ऐसे देख रही है जैसे सुना ही नहीं!''

ठकुराइन का छोटा भाई शहर में रहता है। रमा के ब्याह पर आया था, पढ़ा-लिखा है, फ़ौज में अफ़सर है। वह ज़रूर कुछ मदद कर सकेगा। वह उसे चिट्ठी लिखकर बुलाती है, ''भैया, बहन और भानजी की ज़िन्दगी चाहते हो तो हमें फ़ौरन आकर कुछ दिन के लिए अपने पास ले जाओ। यहाँ आकर यह मत कहना मैंने बुलाया था। कहना ऐसे ही लेने आया हूँ।''

बहन का पत्र पाते ही वह लेने आता है तो ठकुराइन छोटे भाई के पैरों पर सिर रखकर रो पड़ती हैं।

''क्या कर रही हो, जीजी!'' वह चौंककर पूछता है।

"अब मेरी बच्ची की ज़िन्दगी और इस घर की आबरू तुम्हारे हाथों में है। इसके बाप या ताऊ ने जान लिया तो दोनों घर पूरी तरह तबाह हो जायेंगे। मेरी बच्ची लुट गयी, भैया! उस कमीने ने इसे कहीं का नहीं रखा। बताओ, मैं क्या करूँ कहा जाँऊ...?''

रमा के मामा ठाकुर साहब और बड़ी माँ से उन्हें कुछ दिन के लिए अपने साथ ले जाने की बात करते हैं।

"ले जाओ कुछ दिन के लिए... दोनों माँ-बेटी दुख में पगला-सी गयी हैं।" बड़ी ठकुराइन लम्बी साँस लेकर कहती है, "शायद, तुम्हारे पास कुछ मन बहल जाये।"

एक महीने बाद जब माँ-बेटी वापस लौटकर आती हैं तो देखकर लगता है मनोरमा कोई जीती-जागती इन्सान नहीं मिट्टी का बुत है, जिसे खड़ा कर दो तो खड़ी हो जाती है। बैठा दो तो बैठ जाती है। जी रही है क्योंकि मर नहीं पाती और मर नहीं पाती क्योंकि माँ के आँसुओं ने, बाप की तड़पन ने उसे जीवन से बाँध रखा है। ठाकुर साहब उसे गीता-रामायण लाकर पढ़ने के लिए देते हैं ताकि उसका ध्यान भगवान की ओर लग जाये। पर उसे उन पृष्ठों में भी नरेन्द्र झाँकता हुआ दिखाई देता है। पण्डित जी के उपदेशों के स्वर उसकी प्यार भरी आवाज़ के नीचे डूब जाते हैं और फिर उन सबके ऊपर उभरती है उसकी इज़्ज़त लूटने वाले की भयंकर तस्वीर और वह थर-थर काँपने लगती है। पसीने से तर-बतर पीला चेहरा जैसे किसी ने ख़ून की आख़िरी बूँद भी चूस ली है। बेटी का यह हाल देखकर ठाकुर साहब पण्डित से कहते हैं—वह रोज़ घर आकर उसे कुछ देर के लिए मन्दिर ले जाया करें। शायद वहाँ भगवान की शरण में बैठकर उसका ध्यान अपने दुखों से छूटकर प्रभु के भजन-कीर्तन और आरती में लग जाये।

हर रोज़ रमा पण्डित या तारा के साथ मन्दिर चली जाती है, जहाँ घण्टों पत्थर की मूर्ति की तरह निश्चल चुपचाप बैठी रहती है। पण्डिताइन बेटी की सहेली की यह दुखद दशा देखकर सब हाल राधा को लिख भेजती हैं, "यही हाल रहा तो बचेगी नहीं, ये तो पागल हो जायेगी या मर जायेगी। क़िस्मत ने बेचारी को क्या से क्या बना दिया।"

मनोरमा से मिलने के लिए राधा का मन बेचैन हो उठता है। वह सुखलाल से गाँव जाने की ज़िद करती है पर यह चिढ़कर कहता है, "मेरी समझ में नहीं जाता, उस गाँव में तुम्हारा मन कैसे लगता है?"

"ख़ूब लगता है, मेरे माँ-बाप हैं वहाँ, सखी-सहेली हैं, उन्हें क्या मैं बिल्कुल भूल जाऊँ?"

अभी दोनों की बहस चल ही रही थी कि देवधर आ जाता है, ''क्यों राधा, फिर जीजा जी को तंग कर रही है।...''

''तंग क्या करना है भैया, यह तो ऐसे बात करते हैं जैसे मुझे ख़रीद लिया है। कितने महीनों से गाँव नहीं गयी पर जब कहती हूँ, काटने को आते हैं।''

"मैं क्या कोई जानवर हूँ जो काटता हूँ!''

राधा का मन होता है, कहे, ''हाँ, जानवर हो, जिस आदमी के मन में न कोई कोमल भावना हो, न दूसरों का ख़याल, वह जानवर नहीं तो और क्या है...''

''देव भैया, मेरी सहेली को तुमने मेरी शादी में देखा था न, वह ख़ूबसूरत-सी ज़मींदारों की बेटी जो तुम्हें बहुत अच्छी लगी थी और हमने कितना चिढ़ाया था तुम्हें उसका नाम लेकर। उस बेचारी के तो भाग ही फूट गये। शादी के कुछ दिन बाद ही विधवा हो गयी थी। माँ ने लिखा है–बिल्कुल पागल-सी हो गयी। थोड़े दिन के लिए ससुराल भी गयी थी पर बिना पति के वहाँ रहती भी कैसे... वापस आ गयी। अब रात-दिन पत्थर की तरह गुमसुम बैठी रहती है... कितना मन करता है उसे देखने को...''

सुनकर देवधर सन्न रह गया। हाँ, वह लड़की उसे अब तक याद है। उसकी एक-एक बात याद है–वह छेड़छाड़, वह पान में मिर्चें। उसकी सगाई हो चुकी है, यह सुनकर उसे लगा था जैसे किसी ने उसकी बहुत प्यारी चीज़ छीन ली हो और वह एक कोने में चुपचाप जाकर बैठ गया था। लेकिन जब तक वह वहाँ रही, अपनी निगाहें उस चेहरे से नहीं हटा पाया था... अगले दिन एक चुभन, मीठी-सी कसक, ख़ालीपन लिए शहर वापस आ गया था।

''तुम क्या उसका पति वापस ला दोगी?''

"सुन लिया, भैया! इनकी आँखों में दोस्ती की क़ीमत यही है... मुझ ग़रीब को जितना प्यार और इज़्ज़त उसने दी, वह कभी भूला जा सकता है।...'' कहते-कहते राधा रो पड़ती है।

''बस, रोने लगी इतनी-सी बात पर... अरी भागवान! मैं जाने को थोड़े ही मना करता हूँ पर मुझे छुट्टी नहीं है—शादी पर पूरे साल की छुट्टी ले ली, अब क्या नौकरी छोड़ दूँ? तू कहे तो यह भी कर दूँ पर फिर खायेंगे क्या?''

''बस-बस, रहने दो। कौन तुमसे नौकरी छोड़ने को कहता है! मुझे यहाँ गाड़ी में बिठा दो, मैं स्वयं चली जाऊँगी।''

''वाह... और अगर रास्ते में कोई मेरी बुलबुल को उड़ा ले गया तो मैं क्या करूँगा?''

''ठीक है, मैं बापू को लिखती हूँ, वह बड़े को लेने भेज देंगे...''

''उस उजबक को?''

"ख़बरदार जो मेरे भाई को उजबक कहा...''

"अरे रे, क्यों झगड़ा कर रहे हो?'' देव बोल उठता है।

''चल राधा, मैं तुझे गाँव ले चलता हूँ। तेरी शादी के बाद मामा से मिला ही नहीं हूँ।...''

''सच, भैया!'' राधा ताली बजाकर कहती है।

''क्यों नहीं!'' गंजा चिढ़कर कहता है, ''देवधर किसी की नौकरी थोड़े ही करते हैं। जब जी चाहा, जहाँ जी चाहा, चल दिये। धन्धा तो जैसा अब चल रहा है, वैसा ही तब चलेगा। जिसे चीज़ की ज़रूरत होगी, वह इनसे नहीं, इनके बाप से ख़रीद लेगा।'' देवधर अपने पिता के साथ एक छोटा-सा 'जनरल प्रोविजन' स्टोर चलाता है।

''तो देव भैया, मैं चलने की तैयारी करूँ?''

"जीजा जी से पूछ ले, मेरी तो हाँ है।''

''अरे भई, हमसे क्या पूछना है, सारी खुदाई एक तरफ़, जोरू का भाई एक तरफ़। ले जाओ, पर एक शर्त पर। अपने साथ ही वापस लाना पड़ेगा, समझे?''

"ठीक है।... कितने दिन लगायेगी? यहीं बता दे। मुझे भी पिताजी को बताना है।'' देव पूछता है।

''कम-से-कम एक हफ़्ता तो...'' गंजा जैसे आसमान से गिर गया हो।

"और नहीं तो क्या एक घण्टा? तुम्हारी बुलबुल यहाँ से उड़ी तो एक हफ़्ते से पहले वापस नहीं आने वाली।" राधा मारे खुशी के गंजे के गले में बाँहें डाल देती है।

"अच्छा राधा, अब मैं चलता हूँ। कल जीजा जी को फ़ोन पर पक्का प्रोग्राम बता दूँगा। हो सका तो परसों सुबह की गाड़ी से चलेंगे।"

"देव भैया, तुम बहुत अच्छे हो... ज़रूर चलना... नहीं तो मैं तुमसे नहीं बोलूँगी।"

"अच्छा-अच्छा, चलेंगे। बस, अब खुश हो?"

राधा और देव को विदा करते समय गंजे को लगता है जैसे उसका सब कुछ छिना जा रहा हो। गाड़ी का समय हो रहा है और वह दरवाज़ा बन्द करके अपना लाड़ जता रहा है।

"अब जाने भी दो।"

"तेरे बिना कैसे रहूँगा! जल्दी लौट आना।"

"जीजा जी, जल्दी करो, गाड़ी छूट जायेगी।" बाहर से देव चिल्लाता है।

"आज तक किसी की बहू मैके थोड़े ही गयी है। इस बेशरम के नाटक देख-देखकर मेरा जी जला जाता है, पर करूँ क्या!" बुढ़िया कुढ़कर कहती है।

किसी तरह राधा पीछा छुड़ाकर बाहर निकलती है। स्टेशन पर भाग दौड़कर गाड़ी पकड़ते हैं तो गंजा दूर तक गाड़ी के साथ भागा चला आता है। उसका ज़ोर-ज़ोर से हाथ हिलाना देखकर देव राधा को छेड़ता है, "देखा, कितना प्यार करते हैं तुझे..."

"प्यार... हाँ, यही समझ लो। शायद अपनी पहली बीवी से भी इतना ही प्यार करते रहे हों पर अब तो कभी भूलकर भी उसका ज़िक्र नहीं करते... यह उन आदमियों में से हैं जिन्हें औरतजात से ही प्यार होता है, फिर वह चाहे रूपा हो या राधा, कोई फ़रक़ नहीं पड़ता। ...तुम बताओ, देव भैया! तुमने कभी किसी से प्यार किया है?"

"मैंने? हाँ... शायद... पता नहीं।"

"शायद क्यों?"

"क्योंकि प्यार की बातें करने की नौबत ही नहीं आयी। किसी को देखा, वह बहुत अच्छी लगी। फिर जाने भीड़ में कहाँ खो गयी। फिर भी बार-बार मुझे याद आती रही।"

"तुमने उसे ढूँढ़ा नहीं?"

"उसे ढूँढ़ना बेकार था, उसका-मेरा रास्ता ही अलग था।"

"अब भी याद आती है?"

"हाँ... बहुत।"

"फिर तो यह प्यार ही है।"

"तुझे कैसे पता?"

"क्यों क्या, मैं इन्सान नहीं हूँ? मेरे पास दिल नहीं है? एक बात बताऊँ, देव भैया! गंजे से मेरी शादी हुई है, वह मेरा पति है पर मुझे लगता है, मुझे उससे प्यार नहीं है। आज उससे अलग होते हुए मुझे ज़रा भी दुख नहीं हुआ। वह मुझे कभी सपने में दिखाई नहीं देता। पता है, मुझे कौन दिखाई देता है?"

"कौन?"

"तूफ़ानी लुटेरा का हीरो।" कहते हुए राधा हँस-हँसकर लोट-पोट हो जाती है, "रोज़ सपने मैं उसके साथ गाती हूँ, नाचती हूँ और प्यार की बातें करती हूँ।"

देवधर उसके भोलेपन पर हँसे बिना नहीं रह पाता। प्यार से उसके सिर पर हाथ रखकर कहता है, "तू सदा की बड़ी नटखट है। सपने देखने में कोई हर्ज़ नहीं, पर जीजा जी के सामने ये सब मत कहना, उन्हें दुख़ होगा।"

गाँव पहुँचते ही राधा माँ से कहती है, वह रमा से मिलने जा रही है तो पण्डिताइन कहती हैं, "थोड़ी देर और सबर कर, वह रोज़ साँझ के कीर्तन-भजन के लिए मन्दिर आती है। बस आने वाली होगी।"

राधा और देव मन्दिर के आँगन में जाकर देखते हैं, सब लोग कीर्तन में ध्यानमग्न हैं और रमा एक कोने में बैठी है, जैसे संगमरमर की मूर्ति।

एकटक न जाने कहाँ, क्या देख रही है। अपनी सहेली का यह रूप देखकर राधा के आँसू बह निकलते हैं और देव जिसने रमा को राधा की शादी में सजी-सजाई गुड़िया जैसा देखा था और पहली नज़र में ही चाहने लगा था, इस छोटी-सी मीराबाई को देखकर ठगा-सा खड़ा रह जाता है। यह वही लड़की है? कहाँ गयी उसकी शोखी, चुलबुलापन, मस्ती? शादी की भीड़-भाड़ में उससे जान-बूझकर टकराया था तो उसने तिरछी नज़र करके कहा था "अन्धे हो क्या? दीखता नहीं?"

"हाँ, इस वक़्त तो हम अन्धे ही हो रहे हैं।"

"यह अन्धापन शहर में अच्छा काम देगा... यहाँ जान-बूझकर अन्धे बनने वाले की पिटाई हो जाती है।"

कहाँ वह रमा और कहाँ यह वैरागिनी! अचानक ही उसके मन की सारी ममता, सारा प्यार इस अभागिन के लिए जाग उठा। उसका मन होता है, उसे अपनी बाँहों में समेट ले। उसके आँसू पोंछ डाले। उसे गले से लगा ले।

"रमा!" कीर्तन समाप्त होने पर राधा ने आवाज़ दी।

"राधा!" दोनों सहेली गले मिलकर फूट-फूटकर रो पड़ती हैं। जो दर्द कई महीनों से सीने में सुलग रहा था, आँसू बनकर बह निकला।

"तुम्हारा मतलब है मामी, यह लड़की इस मन्दिर में भगवान के सामने रोते-रोते सारी ज़िन्दगी काट देगी?"

"लगता तो यही है बेटा, इन ठाकुरों की नाक बहुत ऊँची होती है। पहले तो इनके घरानों की विधवा पति के साथ ही सती हो जाया करती थी। अब वह बात तो नहीं रही, पर ठाकुर इसका दुबारा ब्याह नहीं करेंगे यह तय समझो।"

"ओफ्फो, क्या ज़हालत है! दुनिया कहाँ से कहाँ पहुँच गयी और यहाँ रीति-रिवाज़ निभाने के लिए इन्सानों की बलि दे रहे हैं।"

"अरे, तू चुप रह। ठाकुर ने सुन लिया तो तेरे साथ हमें भी गाँव के बाहर फिंकवा देंगे।"

राधा एक सप्ताह गाँव में रही। रोज़ वह जाकर अपनी सहेली को मन्दिर लिवा लाती और दोनों घण्टों अपने दिल का तूफ़ान शब्दों और

आँसुओं में पिरोती रहतीं। रमा ने अपनी इज़्ज़त लूटे जाने वाली बात, बच्चे की बात—कुछ भी राधा से नहीं छिपाया। "इतना कुछ मुझ पर बीत गया है राधा कि अब सोचने-समझने की ताक़त ही नहीं रह गयी है। तू ही बता, मैं किसलिए ज़िन्दा हूँ? अब और क्या होना बाक़ी है?"

सुनकर राधा सन्न रह गयी थी। उस नरपिशाच के प्रति जिसने उसकी सहेली का बचा-खुचा भी इस बेरहमी से लूट लिया था, अथाह घृणा उभर आयी थी। क्रोध से उसकी आँखें जलने लगी थीं "अगर वह जानवर मुझे मिल जाये तो जान से मार डालूँ।"

"मैं न उसे ही मार सकी, न अपने को ही। बहुत कायर हूँ मैं... राधा, तू मुझे बहुत चाहती है न... कहीं से थोड़ा-सा ज़हर ला दे... तेरा बहुत उपकार होगा मुझ पर..."

उत्तर में राधा कुछ कहने ही वाली थी कि पण्डित का स्वर सुनाई पड़ता है, "चल, रमा बेटी! तुझे हवेली छोड़ आऊँ। राधा, तू घर जा, तेरी माँ बुला रही है।"

पर राधा के पैर जैसे सौ मन के हो रहे हैं। क्रोध, घृणा और क्षोभ से छाती फटी जा रही है, "उफ, कितनी मक्कार, कितनी कमीनी होती है यह मर्द जात! उसे सिर्फ़ औरत के शरीर से मतलब है। उसके जज़्बात से कोई सरोकार नहीं। उसे किसी भी तरह औरत का शरीर ख़रीदना है—पैसे, लोभ से, धमकी से ये सब नहीं चला तो अपने बल के बूते पर जानवरों की तरह ज़बरदस्ती ख़रीद ली गयी पैसे से, और मेरी सहेली पाशविक बल से।" ग़ुस्से से उसकी आँखों से चिनगारियाँ-सी निकलने लगती हैं और तभी देव उसे बुलाने आ जाता है।

"मामी बुला रही हैं।" फिर राधा के चेहरे की तरफ़ देखकर कहता है, "क्या हुआ, राधा? क्या बात है?"

"कुछ नहीं, देव भैया!... मैं सोच रही हूँ आदमी कितना कमीना होता है और औरत कितनी मजबूर... अपने ऊपर सब कुछ हँसते-हँसते सह गयी क्योंकि ग़रीब की बेटी को कोई सहारा चाहिए था, सिर छिपाने को जगह चाहिए थी। वह जिसने दे दी, इस शरीर का मालिक बन गया। दिल की बात पूछने का सवाल ही नहीं उठता था। पर रमा... उस अभागिन

को लूटने वाले को कौन सज़ा देगा? वह आज़ाद घूम रहा है और यह घुल-घुल कर मर रही है। इसे लग रहा है, जी कर भी गुनाह कर रही है... भगवान का दिया दुख पत्थर बनकर सह लिया पर उस हैवान ने इसका कलेजा कुचलकर रख दिया है, भैया। ...अब वह कैसे जीयेगी? कौन उसे बचायेगा? कौन-सा मर्द का बच्चा है जो उसका नुक़सान पूरा करेगा..." दोनों हाथों में मुँह छिपाकर राधा फफक-फफककर रो पड़ी।

"राधा!" देव उसके कन्धे झकझोरकर कहता है, "क्या कह रही है? क्या हुआ है रमा को?"

"यही तो वह भी पूछती है भैया कि अब क्या होना बाक़ी है। मैं किसलिए ज़िन्दा हूँ... बोलो, मैं उसे क्या जवाब दूँ...? इतना जुल्म, इतनी यातना! भाग्य ने उस अभागिन की झोली में जो कुछ छोड़ दिया था, वह उसके कमीने जेठ ने बाज की तरह एक ही झपट्टे में छीन लिया। अब वह कैसे जियेगी? पति के सगे भाई से इज़्ज़त नहीं बचा सकी तो शरीर के इन भूखे भेड़ियों की दुनिया में कहाँ सिर छिपायेगी? वह मर जायेगी। देव भैया, वह मर जायेगी!"

देव के सीने में उसका एक-एक शब्द तीर की तरह गड़ता चला जाता है। उसे लगता है, उसकी नस-नस में किसी ने खौलता लावा डाल दिया है। राधा के कन्धों पर रक्खे हाथों की पकड़ कसती जाती है। आँखें लाल हो जाती हैं और फिर वह धीरे-से फुसफुसाकर भर्रायी आवाज़ में कहता है, "वह नहीं मरेगी राधा, वह जियेगी। कोई उसे प्यार करेगा, उसका नुक़सान पूरा करेगा। अपनी बाँहों में छिपाकर इन भूखे जानवरों से उसकी रक्षा करेगा।"

"उफ, मैं क्या-क्या बक गयी, भैया! मेरा दिल जल रहा है, इसलिए जबान पर क़ाबू नहीं रख सकी। देखो, किसी के सामने मत कह देना। मेरी रमा की इज़्ज़त का सवाल है। यह बात उन माँ-बेटी के सिवाय किसी को नहीं मालूम... पर वह मुझसे कुछ भी नहीं छिपाती... काश, मैं अपनी जान देकर भी उसका दुःख कम कर पाती!"

"उसका दुःख कम होगा, राधा! दिल छोटा मत कर। हाँ, राधा! तूने पूछा था न कि क्या मैंने किसी से प्यार किया है और मैंने कहा था,

'शायद'। सुन, यह शायद वाली बात ग़लत है। मैंने सचमुच प्यार किया था—दिल से... सच्चाई से... पूरी ईमानदारी से।"

अगले दिन वह सुबह से ही रमा की प्रतीक्षा में दरवाज़े पर खड़ा हो जाता है। उसके आते ही उसे लगता है जैसे बहार आ गयी हो। जब तक वह मन्दिर में रहती है, देव नज़रें चुरा-चुराकर उसे देखता रहता है और जब कभी उसकी चोरी पकड़ी जाती है, मुसकराकर इधर-उधर देखने लगता है। फिर एक दिन हिम्मत करके कहता है, "याद है आपको, जब मैं राधा की शादी में आया था, कितना डाँटा था आपने मुझे?"

"मैंने?"

"हाँ, भूल गयीं आप? आपने मेरी उल्टी-सीधी हरकतों से चिढ़कर मुझे मिर्चें खिला दी थीं।"

"याद है।"

"लगता है, आप मुझसे अभी तक नाराज़ हैं।"

"मैं...नाराज़...नहीं तो!"

"मुझे ऐसा लगता है...पता नहीं क्यों ऐसा महसूस होता है जैसे आप मुझसे बात करना नहीं चाहतीं।"

"नहीं-नहीं, यह बात नहीं है पर क्या बोलूँ? कुछ समझ में नहीं आता...बोलने को है क्या?"

"ओह...मैं बताऊँ? भई, मुझसे तो कभी चुपचाप नहीं बैठा जाता... मैं कुछ कहूँ तो आप मुझे डाँटेंगी तो नहीं? इस बार मैं आपकी डाँट खाकर वापस नहीं जाना चाहता।"

मनोरमा के होंठों पर एक उदासी भरी मुसकराहट फैल जाती है तो देवधर को लगता है उसके मन के तार झनझना उठे हैं। पुजारी के कीर्तन की वियोगिनी राधा यही तो है, जो पुकार-पुकारकर उसे अपने पास बुला रही है। अगले दिन वह एक किताब लाकर रमा को झिझकते हुए देता है, "आपके लिए।"

"मेरे लिए?"

"आपको कहानियाँ पढ़ने का शौक़ है न?"

"अब सब शौक़ ख़त्म गये...लाइये, दे दीजिए, पढ़ लूँगी...कुछ वक़्त ही कट जायेगा।"

"यहाँ गाँव में तो किताबें भी नहीं मिलती होंगी..."

"मिलती हैं, रामायण और गीता।"

"उन्हें पढ़ने में आपका दिल लगता है?"

"दिल...दिल तो इस दुनिया में भी नहीं लगता, पर कहाँ जाऊँ?"

"रमा, ऐसा मत कहो।" वह अपना हाथ आगे बढ़ाकर उसे छूने को होता है, पर फिर रुक जाता है। रमा आश्चर्य से उसे देखती है।

"मैं तुम्हारा दुख समझता हूँ, रमा! पर इस तरह टूटकर ज़िन्दगी से..."

"मैं टूटी नहीं हूँ, देव! मैं मर गयी हूँ...ज़िन्दगी की डोर मेरे हाथों से छूट गयी है।" घुटनों में मुँह छिपाकर वह फूट-फूटकर रो पड़ती है। देव का मन होता है, उसे अपनी बाँहो में समेटकर उसके सारे आँसू पोंछ डाले और कहे, "मैं इस डोर को अपने प्राणों से बाँध लूँगा, रमा! मैं तुझे नयी ज़िन्दगी दूँगा, नये सपने दूँगा, नया प्यार दूँगा।"

अगले दिन रमा उसकी किताब वापस ले आती है, "इतनी जल्दी? सब पढ़ डाली?"

"हाँ, नींद नहीं आ रही थी...देर तक पढ़ती रही।"

"कौन-सी कहानी अच्छी लगी?"

"कोई भी नहीं...सच और कहानियों में बहुत अन्तर है...अब मेरा मन इन झूठी बातों में नहीं लगता।"

"सब कुछ झूठा नहीं है, रमा! सच का सहारा लेकर ही तो झूठी कहानियाँ लिखी जाती हैं...यह किताब रख लो...मेरी ओर से छोटी-सी भेंट...."

अब अक्सर उन दोनों सहेलियों की बातचीत में देव भी शामिल हो जाता है। अपने हँसमुख और बातूनी स्वभाव से वह कभी-कभी रमा के होंठों पर एक हल्की-सी हँसी लाने में कामयाब हो जाता है। जिन होंठों पर सालों से मुसकराहट नहीं आयी थी, उन पर कभी-कभी हँसी की रेखा खिंच जाती है।

"आप हँसती हुई कितनी अच्छी लगती हैं!" उसके मुँह से निकल पड़ता है।

"मेरी क़िस्मत में हँसना नहीं है।"

"कौन कहता है? इन्सान अपनी क़िस्मत ख़ुद बनाता है।"

"मेरी क़िस्मत में अब बनाने जैसा कुछ रहा ही नहीं है।"

"नहीं रमा, ऐसा नहीं कहते, अभी तो तुम्हारी ज़िन्दगी की शुरुआत भी नहीं हुई है।"

"वह शुरू होने से पहले ही ख़त्म हो गयी।"

"उसे फिर से शुरू करो रमा, अपने चारों ओर देखो, दुनिया अब भी उतनी ही रंगीन, उतनी ही सुन्दर है। तुमने अपने चारों ओर जो अन्धकार फैला रखा है, उसे चीरकर बाहर निकल आओ। सूर्य की किरणें तुम्हारे क़दम चूम लेंगी।"

"सूर्य की किरणें, उजाला...मैं इन बातों का मतलब ही भूल गयी हूँ, देव! अब तो चारों तरफ़ निराशा ही निराशा है।"

"मैं तुम्हें इस निराशा से बाहर निकालूँगा।"

रमा उनकी तरफ़ कुछ देर अपलक देखती है और फिर धीरे-से पूछती है, "तुम्हें मुझ पर बहुत दया आती है?"

"ऐसा मत कहो, रमा! तुम्हें किसी की दया की ज़रूरत नहीं... मैंने तुम्हें प्यार किया है—हाँ, दिल से, जान से। उसी दिन, उसी क्षण से जब तुम्हें पहली बार देखा था और तुमने कहा था, 'क्या अन्धे हो?' मैं सचमुच अन्धा ही हो रहा था...तुम्हारे प्यार में, पर तुम किसी और की अमानत थीं...तब तुम पर दृष्टि डालते ऐसा लगता था, जैसे किसी की चोरी कर रहा हूँ।.. क्या तुम मानोगी? कोशिश करके भी मैं तुम्हें भुला नहीं सका.... तुम्हारे दुर्भाग्य और बर्बादी की बात सुनकर मेरा मन दुःख से भर उठा था। पूरी-पूरी रात सो नहीं सका था। कई बार चाहा, तुम्हारे दुःख में शामिल हो पाता, सहानुभूति के दो शब्द कह पाता, पर शायद मैं अपने मन के चोर से डरता था। इसीलिए चाहकर भी तुम तक न पहुँच सका। पर आज लगता है, ग़लती की, पहले ही आना चाहिए था...शायद कुछ देर और हो जाती तो मैं तुम्हें सदा के लिए खो बैठता।"

देव के यह शब्द सुनकर रमा के धैर्य का बाँध टूट निकला। वह फफककर रो पड़ी, "मेरे लिए कोई आशा, कोई रास्ता नहीं बचा है, देव ! तुम्हें नहीं मालूम, मेरे साथ क्या-क्या हुआ है। सुनोगे तो तुम्हें भी मुझसे नफ़रत हो जायेगी।"

"रमा, कुछ मत कहो।" वह उसके दोनों हाथ पकड़ लेता है, "कुछ मत कहो...मुझे सब मालूम है...तुम जैसी भी हो, मेरी हो...मरते दम तक मैं तुम्हें चाहूँगा।"

रमा ने उसके होंठों पर अपने हाथ रख दिये, "ऐसा मत कहो...मुझसे नहीं सहा जायेगा।"

"मुझे बोलने दो, रमा! आज भगवान के मन्दिर में तुम्हारा हाथ पकड़ा है, इसे जीवन भर यूँ ही थामने का वायदा करता हूँ...कभी किसी के सामने अपने को छोटा...तुच्छ महसूस मत करना। मेरी आँखों में तुम आज भी वैसी ही ऊँची, वैसी ही पवित्र हो, जैसी तब थीं, जब मैंने तुम्हें पहली बार देखा था। अब तो मेरी ओर देखकर मुसकरा दो, फिर मैं चैन से वापस जा सकूँगा।"

दो दिन बाद राधा और देव चले गये, पर जाते-जाते रमा के मन में फिर से जीने की आशा जगा गये। राधा के पत्र आते, उन्हीं के साथ-साथ आते देव के अनुरोध–प्यार दुलार-भरे–

–मेरा शरीर यहाँ है पर मन तुम्हारे पास। रात-दिन तुम्हारा मासूम चेहरा मेरी आँखों के सामने घूमता रहता है।

वायदा करो गये वक़्त को बुरे सपनों की तरह भूल जाओगी। आगे की ओर देखो, अभी बहुत कुछ बाक़ी है।

हर अँधेरी रात के बाद सुहानी सुबहें आती हैं रमा, निराशा के बादलों में से कहीं-न-कहीं आशा की किरण ज़रूर फूटती है। दुःख-सुख जीवन के दो पहलू हैं। इन्हीं के सहारे तो ज़िन्दगी पनपती है। चाहे जो भी हो, ज़िन्दगी की डोर हाथ से मत छूटने देना। उसमें किसी और के प्राण भी बँध गये हैं।

कुछ समय बाद वह फिर गाँव आया था, पर इस बार वह अकेला था। शहर से रमा के लिए ढेर सारी किताबें लाया था। एक दिन सारा साहस बटोरकर रमा से मन की बात कह दी, ''रमा! मैंने सब कुछ सोच-समझ लिया है। हम बहुत मामूली लोग हैं। मेरे पास तुम्हें देने के लिए धन-दौलत भले ही न हो, प्यार और आदर की कमी नहीं होगी। हम एक नयी ज़िन्दगी शुरू करेंगे...अब मैं तुमसे अलग नहीं रह सकता।''

उत्तर में रमा की आँखों से गंगा-जमुना बह निकली थीं पर नयी ज़िन्दगी शुरू करना इतना आसान नहीं था। शहर से देव का इतनी जल्दी दुबारा लौटना, उसका रमा से मन्दिर में मिलना-जुलना, हँसना-बोलना लोगों की आँखों में काँटे की तरह चुभ रहा था। इन बातों पर जो फुसफुसाहट शुरू हुई थी, वह गरम लावा बनकर ठाकुरों के कानों तक पहुँची और वे आग-बबूला हो उठे। उनके शुभचिन्तकों की चेतावनियों ने आग में घी का काम किया।

''जवान छोकरी को सँभालो ठाकुर, उस शहरी लौडे से हँसी-मज़ाक़ करती है।''

"नदी की बाढ़ और जवानी का जोश रोकना ठाकुर के बस की बात नहीं है।''

''पूजा-पाठ के बहाने अच्छा खिलवाड़ हो रहा है तुम्हारी इज़्ज़त आबरू से!''

जब ठाकुर भड़ककर गुस्से से आँखें लाल किये हवेली पर पहुँचे तो रमा उसी वक़्त पुजारी काका के साथ घर में घुसी और ठाकुर उस पर बरस पड़े, ''यह वक़्त है तेरे घर आने का...?''

''आरती के बाद पुजारी काका से कोई मिलने आ गया था, इसीलिए देर हो गयी।"

''अब ठाकुरों की बेटी यू गलियों में इज़्ज़त की धूल उड़ाती फिरेगी? सारा गाँव मुझ पर थू-थू कर रहा है।''

''क्या किया है मैंने? मुझे मन्दिर जाने को तो तुम्हीं ने कहा था।''

''वहाँ उस दो कौड़ी के छोकरे से ज़बान लड़ाने को भी मैंने कहा था?'' जीवन में पहली बार ठाकुर ने बेटी के मुँह पर तमाचा मारा, तो

ठकुराइन दु:ख और क्रोध से बिलबिला उठी–"अरे, क्यों मेरी अभागिन पर जुल्म ढा रहे हो? दिनभर पड़ी-पड़ी रोती रहती थी तो सारा गाँव खुश था, दो घड़ी हँस-बोल ली तो ग़ज़ब हो गया!''

''पण्डित, कौन है यह लड़का?'' ठाकुर गरजकर कहते हैं, ''उससे कहो, इसी वक़्त गाँव छोड़कर चला जाये, वरना गोली मार दूँगा। तुम हमारे टुकड़ों पर पलने वाले नाली के कीड़े, अपनी औकात भूल गये?''

''ठाकुर, आप बड़े आदमी हैं।'' पुजारी ने जीवन में पहली बार ठाकुर के सामने मुँह खोला, ''पर मेरा भानजा किसी की दान-दक्षिणा पर ज़िन्दा नहीं है। वह पढ़ा-लिखा लड़का है।''

''ख़ामोश!'' ठाकुर पण्डित की गर्दन पकड़ लेते हैं, ''तुम मुझसे रिश्तेदारी जोड़ोगे? तो जो मैंने सुना, वह सच है। तुम सब मिलकर रमा को बर्गला रहे हो...जाओ, मेरी आँखों से दूर हो जाओ, नहीं तो मेरे हाथ से ब्राह्मण-हत्या हो जायेगी। जिस थाली में खाते हो, उसी में छेद करते हो... आज के बाद मुझे अपनी सूरत मत दिखाना...निकल जाओ यहाँ से।''

हवेली से लौटकर पण्डित देव पर बरस पड़ते हैं, ''अपनी जान की ख़ैर चाहता है तो इसी वक़्त शहर चला जा...सुबह न जाने क्या ग़ज़ब हो जाये। हमारा बंटाधार तो तूने करवा ही दिया।''

''मैंने तुझे पहले ही कहा था देव, इन ठाकुरों की नाक बड़ी ऊँची होती है। इनकी लड़की से बात भी कर ली तो ज़बान खींच लेंगे। तू आज ही शहर वापस लौट जा, देव!'' मामी ने कहा।

"जाऊँगा मामी, पर जाने के पहले एक बार ठाकुर साहब से ज़रूर मिलूँगा।''

''अरे भैया, ऐसा ग़ज़ब मत कर देना। उनके सामने पड़ गया, तो तेरी खाल खिंचवा लेंगे। आग-बबूला हुए बैठे हैं।'' पण्डित का चेहरा डर के मारे पीला पड़ गया।

लेकिन प्यार करने वाले किसकी परवाह करते हैं! और देव सिर पर कफ़न बाँधकर ठाकुरों की हवेली पर पहुँच गया।

"मैं देवधर हूँ।"

उसका नाम सुनते ही दोनों ठकुराइन, रमा, तारा, विक्रम-सब हैरान खड़े रह जाते हैं। ठाकुर की आँखों में ख़ून उतर आता है।

"तुम अभी तक गये नहीं? क्या तुम्हें जान प्यारी नहीं है?"

"नहीं! इस बार मैं आपसे मिलने ही गाँव आया था...पर लगता है मुझसे पहले ही मेरी शोहरत आप तक पहुँच गयी... क्या मैं आपकी इस क़दर नाराज़गी की वजह पूछ सकता हूँ?"

"तुम बदतमीज़ ही नहीं, ज़बानदराज भी हो...मेरे गिरेबान में हाथ डालकर नाराज़गी की वजह पूछते हो? तुम्हारी हिम्मत कैसे हुई यहाँ आने की?"

"ठाकुर साहब, प्यार करना बदतमीज़ी और ज़बानदराजी है तो मुझे उससे इनकार नहीं...मेरे प्यार ने ही मुझे यहाँ आने की हिम्मत दी है।"

"ख़ामोश...! यह उल्टी-सीधी बकवास शहर जाकर करना। अगर तुम पण्डित के भानजे न होते तो अभी गोली मार देता।"

"मार दीजिए गोली...!" देव आगे बढ़कर कहता है। रमा दरवाज़े के पीछे पत्थर बनी खड़ी है। "पर मैं अपनी बात कहे बिना नहीं जाऊँगा... मुझे रमा से प्यार है, मैं उससे शादी करना चाहता हूँ।"

कड़ाके की आवाज़ के साथ ठाकुर साहब का चाँटा देव के गाल पर पड़ता है और वह तिलमिला उठता है, लेकिन उनकी उम्र का ख्याल करके अपना बढ़ता हुआ हाथ रोक लेता है, पर रमा से अब नहीं सहा जाता। वह बाहर आकर चिल्ला उठती है, "बस करो!"

गुस्से की आग में जलते हुए ठाकुर दीवार पर टँगी बन्दूक़ उतारकर कहते हैं, "चला जा यहाँ से, वरना अभी गोली मार दूँगा।"

रमा से अब और नहीं देखा जाता। वह उनके और देव के बीच में आकर खड़ी हो जाती है–"पहले मुझे मारो, तब इसे मारना...यह तुम्हारा दुश्मन है क्योंकि तुम्हारी बर्बाद बेटी की ज़िन्दगी सँवारना चाहता है...चलाओ गोली मेरे सीने पर फिर इसे भी मिटा देना।"

बेटी का चेहरा देखकर ठाकुर की मुट्ठी ढीली पड़ जाती है। वह बन्दूक़ नीची करके गुर्राते हैं, "निकल जा यहाँ से और आज के बाद

इस गाँव में क़दम मत रखना, वरना तुझे भगवान भी नहीं बचा पायेगा। विक्रम, इसे धक्के देकर गाँव की सरहद के बाहर फिंकवा दो। जीते-जी मैं इसका मुँह नहीं देखना चाहता।''

''नहीं-नहीं, ऐसा मत करो।'' रमा बोल उठती है तो ठाकुर उसे धक्का देकर कमरे के अन्दर फेंकते हुए चीख़ते हैं, ''आज के बाद तू इस घर के बाहर क़दम नहीं रखेगी।''

मनोरमा अपने ही घर की चारदीवारी में क़ैद, घायल पंछी की तरह तड़प-तड़पकर दम तोड़ने लगती है। उसे लगता है, उसकी मुसीबतों का अन्त कभी नहीं होगा। शायद सुख और प्यार उसकी क़िस्मत में हैं ही नहीं। फिर जीकर भी क्या होगा? किसी तरह इस नाकाम ज़िन्दगी का अन्त करना ही पड़ेगा...और तभी आता है गढ़मुक्तेश्वर का मेला। सारा गाँव मेले की तैयारी में व्यस्त हो जाता है। घर-घर से गाड़ियाँ जा रही हैं। ठाकुरों के दोनों परिवार भी जा रहे हैं। सामान बँधना शुरू हो गया है और रमा अपने मन में कुछ निश्चय करके बड़ी शान्ति का अनुभव करती है। हाँ, इस तरह उस आदमी से, जो उसे दिल से प्यार करता है, अलग रहकर वह और यातना नहीं सहेगी। उसे जीवन से, इस गाँव से, माँ-बाप से मोह छोड़ना ही पड़ेगा। अब वह इस घर में लौटकर वापस नहीं आयेगी।

घर का आँगन-अमराई छोड़ते वक़्त बचपन से लेकर अब तक की बात, हर दृश्य उसकी आँखों के सामने सजीव हो उठता है–

''नन्ही-नन्ही बुंदिया रे, सावन का मेरा झूलना।
एक सुख पाया मैंने अम्मा के राज में।
संग की सहेली रे गुड़ियों से मेरा खेलना।''

सब कुछ पीछे छूट गया है। वह बचपन, वह गाँव, वह बाग, वह मन्दिर, वह खेत, वह हवेली...गाड़ियाँ धीरे-धीरे गंगाजी के किनारे पहुँच गयी हैं, नौकर-चाकर तम्बू गाड़ रहे हैं। तारा दौड़-दौड़कर झुमके, चोटी और चूड़ियाँ ख़रीद रही है और रमा, नदी के किनारे बैठकर अंजुली भर पानी से अपना मुँह धो लेती है, ''कितना शीतल जल है तुम्हारा गंगा

मैया, मेरी जलती हुई आत्मा को शान्ति प्रदान करो। मुझे शरण दो। हाँ, माँ! तुम्हीं मेरे दुखों का अन्त कर सकती हो।''

रात को खाना खाकर सोने के पहले माँ के पास आकर बैठ जाती है। बेटी का पीला चेहरा देखकर माँ कहती है, ''क्या बात है, रमा? तेरा जी तो ठीक है?''

''बिल्कुल ठीक है, माँ! तुम्हीं थकी-थकी लग रही हो।''

''हाँ, इतने लम्बे सफ़र की थकान से शरीर टूटा-सा लग रहा है। कुछ हरारत हो रही है शायद।''

''अरे, तुम्हें तो बुख़ार है।'' रमा माँ का हाथ छूकर कहती है, ''लेट जाओ। लाओ, थोड़ी देर सिर दबा दूँ।''

''रहने दे, तू भी थक गयी होगी...जा, सो जा।''

''नहीं, मैं ठीक हूँ। अभी नींद नहीं आ रही है। माँ, सुबह मैं जल्दी उठकर नहाने जाऊँगी...अँधेरे ही...फिर बहुत भीड़ हो जाती है।''

''तारा से कह दे, वह तेरे साथ चली जायेगी। मेरा जी अच्छा नहीं है, नहीं तो मैं भी जल्दी स्नान कर आती।''

''नहीं, तुम रहने दो! मैं तारा को ले जाऊँगी।''

कुछ देर बाद माँ को सोता जानकर वह उठकर अपने बिस्तर पर आकर लेट जाती है। तम्बू के तीन कोनों में वे तीन दुखी प्राणी नींद की प्रतीक्षा करते लगते हैं। माँ-बेटी का दुख आँसुओं में बह निकलता है और पिता का आत्मग्लानि और पश्चात्ताप में। जिस दिन से विधवा बेटी पर हाथ उठाया है, खुद अपनी ही निगाह में गिर गये हैं। पर क्या करें? एक ओर दुनिया समाज और रस्मो-रिवाज़, दूसरी ओर बेटी का अथाह दुख, आहें और आँसू। उस दिन की घटना के बाद एक-दूसरे से नज़रें चुराकर अपने-अपने काम में लगे रहते हैं...दोनों बहुत दुखी हैं, परेशान हैं, शर्मिन्दा हैं, पर करें क्या? आज अचानक दुखियारी बेटी के लिए जो एक कोने में गठरी बनी पड़ी है, अथाह ममता उभर आती है। उठकर धीरे-धीरे उसके पास आते हैं। उसे सोया जानकर ठीक से कम्बल उढ़ा देते हैं। माथे पर बिखर आये बाल सँवार देते हैं...एक बूँद आँसू बेटी के हाथ पर गिर जाता है, वह सिहरकर करवट बदल लेती है। ठाकुर वापस

जाकर लेट जाते हैं। तीनों जाग रहे हैं लेकिन सोने का नाटक कर रहे हैं, जैसे सीने में कोई तूफ़ान घुमड़ रहा है। तीनों का मन हो रहा है, कुछ कहें। एक-दूसरे को सीने से लगाकर इस तूफान को आँसुओं और सिसकियों में बाहर निकाल दें। पर कोई कुछ नहीं बोलता। अपना-अपना दर्द मन में छिपाये चुपचाप पड़े हैं। आधी रात तक करवटें बदलने के बाद ठाकुर और ठकुराइन की आँख लग जाती है, लेकिन रमा ने हर घण्टा सुना है—एक, दो, तीन, चार और उसी के साथ सुनी हैं तरह-तरह की आवाज़ें—

—देख रमा, मेरे बापू की नौकरी लगवा दे, फिर मैं रोज़ तेरे साथ आकर खेला करूँगी।

—महामन्त्र का जाप कर रहे थे तेरे भाई के लिए और लगा दी मेरे भाइयों की लाइन।

—देखना तेरी यह भोली-भाली सूरत का राजकुमार तुझे कैसा सतायेगा।

—मैं तुम्हें इतना प्यार करूँगा, जितना कभी किसी ने नहीं किया होगा ...अबकी बार तो कोई क़सम नहीं लोगी न?

इसके बाद उभरती है उस शैतान की भयंकर हँसी। रमा पसीने-पसीने हो उठती है और तब आती है देवधर की आवाज़, "मैं तुम्हें प्यार करता हूँ रमा, मैं तुम्हें नयी ज़िन्दगी दूँगा, नये सपने दूँगा, नया प्यार दूँगा।" फिर ठाकुर की दहाड़, "चले जाओ वरना गोली मार दूँगा!" पसीने से लथपथ रमा उठकर बैठ जाती है, 'नहीं-नहीं, देव की छाती में गोली लगने से पहले ही वह अपनी जान दे देगी।' चार के घण्टों के साथ ही वह उठ खड़ी होती है, कोने में रखी साड़ी और तौलिया उठाकर माँ के पास जाकर खड़ी हो जाती है। उनका थका-म्लान चेहरा देखकर उसका हृदय पसीज उठता है पर मन पर क़ाबू पाकर झुककर उनके पैरों को हाथ लगाकर माथे से लगा लेती है, "माँ, हो सके तो मुझे माफ़ कर देना।" मन ही मन पिता को प्रणाम करके धीरे-धीरे तम्बू से बाहर निकल आती है। ताई-ताऊ और तारा के डेरे के सामने एक क्षण के लिए उसके क़दम रुक जाते हैं और फिर धीरे-धीरे आगे बढ़ जाती है।

नदी के किनारे सैकड़ों तम्बू गड़े हैं। आकाश में तारे टिमटिमा रहे हैं...दूर कहीं मन्दिरों से घण्टों और कीर्तन की हल्की-हल्की आवाज़ें आ रही हैं। रमा कुछ दूर जाकर अपने कपड़े, चप्पल नदी के किनारे रख देती है और फिर धीरे-धीरे उस बर्फ़ जैसे ठण्डे जल में बढ़ती चली जाती है। दो घण्टे बाद तारा जब रमा को स्नान के लिए बुलाने आती है तो सब-के-सब घबराकर रमा को ढूँढ़ने निकल पड़ते हैं। कुछ दूर पर उन्हें रमा के कपड़े-चप्पल रखे मिल जाते हैं। ठकुराइन दुख से पागलो-सी हो उठती हैं और ठाकुर की ओर इशारा करके कहती हैं, "तुमने मेरी बच्ची को मार डाला। जाओ, खुशियाँ मनाओ, तुम्हारी दुश्मन इस दुनिया से चली गयी।"

उनके हाथों में रमा के कपड़े हैं। वह अपने दोनों हाथ फैलाकर चिल्लाती हैं, "हे भगवान! तुम मेरा इंसाफ़ करना, इन ठाकुरों को सात जनम औलाद का मुँह देखना नसीब न हो। इन्होंने ज़बरदस्ती मेरी बच्ची को मार डाला। अरे, तुमसे इस उमर में न शराब छूटी, न औरत छूटी और मेरी फूल-सी बच्ची से दुनिया छुड़वा दी। रमा, तू अकेली नहीं जायेगी। मैं भी तेरे साथ आ रही हूँ।"

गंगा की ओर भागती हुई ठकुराइन को लोग पकड़ते हैं तो वह बेहोश होकर गिर जाती हैं। तीन दिन बाद नदी के किनारे सात विधवा औरतों को खिला-पिलाकर दान-दक्षिणा देकर रमा का क्रियाकर्म कर दिया जाता है। गेरुआ वस्त्रों में लिपटे साधु जी उपदेश देते हैं, "इतना रोने-धोने और दुखी होने से मरने वाले की आत्मा को महान कष्ट होता है। माता, धैर्य रखो ईश्वर की यही मरजी थी।"

"ईश्वर की नहीं," ठकुराइन बिलखकर कहती हैं, "यह इन्सानों की मरजी थी, बाबा! उन्होंने उसे चैन से जीने नहीं दिया।"

"भाग्य पर किसी का वश नहीं, माता..अब सब्र के सिवाय कोई चारा भी तो नहीं है।"

ठाकुर के मुँह पर जैसे किसी ने कालिख पोत दी है। रोता-बिलखता ठाकुर परिवार रमा के बिना गाँव वापस लौट आता है। किसने सोचा था ठाकुरों की लाड़ली का ऐसा दर्दनाक अंजाम होगा।

ठाकुर वीरेन्द्र सिंह को इन्सानों के शिकार के सिवाय जानवरों के शिकार का भी बेहद शौक़ रहा है। उन मूक, असहाय प्राणियों की हत्या करके उन्हें बेहद आत्मतुष्टि मिलती है। शानो-शौक़त का प्रदर्शन करने के लिए नाच-गाना, शराब-शिकार कितना ज़रूरी है, यह बात राज़रानी की समझ में भले ही न आये, पर उसकी परवाह भी कौन करता है। ठाकुर साहब की बातों में दखल देने की किसकी हिम्मत है। जिस दादी के रौब-दाब से सारा घर काँपता था, वह सदा के लिए चली गयी हिस्सा बाँटने वाला भाई रहा नहीं। चापलूस यार-दोस्तों से घिरे इस मगरूर इन्सान को क्या पता कि भगवान के इन्साफ़ की बिजली अब उस पर टूटने ही वाली है। एक बेसहारा लड़की की इज़्ज़त लूटकर जो जघन्य पाप वीरेन्द्र सिंह ने किया था उसका एक-एक पाई हिसाब देना पड़ा है। इन्सान समझता है वह छिपकर कुछ भी कर सकता है, लेकिन दुनिया में एक शक्ति ऐसी भी है जो सब कुछ देख लेती है। इसी शक्ति ने एक ही प्रहार में इस ज़हरीले इन्सान को अधमरा कर दिया। उन्हें यह सोचने पर मजबूर कर दिया कि यही ज़िन्दगी है तो मौत ही क्या बुरी थी...।

एक दिन दोस्तों के साथ शिकार खेलने गये तो डरकर भागते हुए चीते ने पलटकर धावा कर दिया। घोड़ा इस अचानक हमले से बेकाबू हो गया और दोनों पैर ऊपर उठा दिये। ठाकुर साहब बुरी तरह बौखला गये और उनके हाथ से बन्दूक़ छूटकर गिर गयी। बन्दूक़ उठाने के प्रयास में वह एक तरफ़ गिर गये, मगर उनका एक पैर ऊपर ही फँसा रह गया और न जाने कितनी दूर वह बेतहाशा दौड़ते हुए घोड़े के साथ घिसटते हुए चले गये। उन्होंने इन्सान होकर भी रमा को मार डाला था। जीते-जी मुर्दा बना दिया था। लेकिन उस जानवर ने उन्हें छोड़ दिया। उनकी रीढ़ की हड्डी और सिर में बहुत चोट आयी थी। बचने की उम्मीद नहीं थी, लेकिन तीन महीने अस्पताल में काटकर वह ज़िन्दा लौट आये हैं। अब उनकी ज़िन्दगी मौत से भी बदतर है। धड़ से नीचे का पूरा हिस्सा बेकार हो गया है, बिस्तर में पड़े-पड़े रात-दिन पश्चात्ताप की आग में जलते रहते हैं। रमा की रोती-बिलखती आँखें एक मिनट को भी सामने

से नहीं हटतीं और तब आती है उसके गंगा में डूबकर आत्महत्या करने की ख़बर। उस दिन वह फूट-फूटकर रो पड़े थे।

"यह तूने क्या किया, रमा? आकर देखती तो सही, इस पापी को अपने किये की सज़ा मिल चुकी है। आकर मुझ पर थूक जाती तो मैं शायद मरकर चैन पा जाता, पर अब तो वहाँ भी मेरी आत्मा को शान्ति नहीं मिलेगी।"

"यह क्या कह रहे हो?"

राजरानी की आँखों में उतरते आश्चर्य और अविश्वास को पढ़कर वह टूटती आवाज़ में कहते हैं, "हाँ, तुम भी सुन लो...अब मेरी आत्मा इस पाप का बोझ अकेले नहीं ढो सकती...मेरा दम घुट रहा है...जानती हो, मैंने क्या किया था रमा के साथ...?"

"क्या? बोलो, क्या किया था?" राजरानी चीख़ उठती है।

"मैंने उस बेसहारा लड़की को...जो मेरे भाई की विधवा थी, अपनी हवस का शिकार बनाया...मुझे गालियाँ दो, राजरानी! मुझ पर लानत फेंको...तुम चुपचाप क्यों खड़ी हो? बोलो...कुछ तो बोलो...रमा की मौत का ज़िम्मेदार मैं हूँ...मैंने उसका ख़ून किया है..." अपने हाथों से मुँह ढककर ठाकुर फूट-फूटकर रोने लगते हैं।

राजरानी फटी-फटी आँखों से पति का चेहरा देखती रह जाती है, "हे भगवान! इसीलिए वह मुझसे बिना मिले चली गयी...रमा, यह तूने क्या किया? दूसरे के पाप की सज़ा अपने सिर ओढ़ ली..." घुटनों में मुँह छिपाकर रोती हुई राजरानी अचानक उठती है और पूजाघर में भगवान के सामने माथा टिकाकर बिलख उठती है, "इस नीच अपराध को जो सज़ा तुमने दी है उसे हम सह लेंगे, भगवान!... किस मुँह से क्षमा माँगूँ...बस मेरे बच्चों पर कृपा-दृष्टि रखना, प्रभु...कहीं उन पर इस पाप की छाया पड़ गयी तो सब कुछ भस्म हो जायेगा...उस मासूम बच्ची की आत्मा को शान्ति देना, प्रभु...हमारी ज़िन्दगी तो अब मौत से भी बदतर है पर अपने किये पाप का प्रायश्चित्त तो करना ही होगा।"

ठाकुर वीरेन्द्र सिंह जिन्हें अपनी शानो-शौक़त, धन-दौलत और ठकुराइन पर इतना गर्व था अब भगवान के मन्दिर में माथा टिकाने

में भी असमर्थ हैं...यही है उनकी सजा...उनका प्रायश्चित्त...राजरानी ने धिक्कार का एक शब्द भी उनसे नहीं कहा है जो...इन्सान सिसक-सिसककर कीड़े-मकोड़ों की ज़िन्दगी जी रहा है उससे कोई कह भी क्या सकता है...पर पत्नी की आँखों में उभर आयी घृणा और दया के मिश्रण को पढ़कर उनकी आत्मा बिलबिला उठती है। यह वह पत्नी है जिसने उन्हें राम की तरह पूजा था, विश्वास किया था, सहन किया था। वह शहर जाकर क्या करते हैं, ढेरों रुपया कहाँ बहा देते हैं, क्यों शराब के नशे में धुत रात के दो-दो बजे घर आते हैं—उसने कभी नहीं पूछा था...उसकी वह चुप्पी उन्हें भली लगती थी...पर आज यही चुप्पी...अटल मौन... तलवार की धार की तरह अन्दर तक चीर जाता है।

इन्साफ़ की तलवार ठाकुर वीरेन्द्र सिंह के कुकर्मों पर ही नहीं, रमा के दुर्भाग्य पर भी गिरी है। भगवान के घर देर है, अन्धेर नहीं है। नदी में बहती हुई रमा को एक पुलिस अफ़सर, जिनका फार्म नदी के पास वाली ज़मीन पर है, देख लेते हैं और अपने आदमियों की मदद से बाहर निकाल लेते हैं...होश आने पर रमा रो पड़ती है—"मुझे क्यों बचाया? मैं मरना चाहती हूँ...मुझे नहीं चाहिए यह ज़िन्दगी...हे भगवान, क्या तेरे पास मेरे लिए मौत भी नहीं है।...?"

पुलिस के कप्तान, जिन्होंने अपने जीवन में मौत और ज़िन्दगी का खेल बहुत बार देखा था, इस लड़की का चेहरा देखकर ही जान लेते हैं कि इसने छोटी-सी जान पर बहुत कुछ झेला है। वह और उनकी पत्नी अपने प्यार-दुलार से उसका मन जीतने की कोशिश करते हैं। उसका दुखी चेहरा, घण्टों बिस्तर में गुमसुम पड़े रहना, आँखों से बहती अविरल धारा अपनी कहानी आप ही कह देती है और तभी आती है मेले से लौटे लोगों द्वारा उड़ती-उड़ती ख़बर, "रामनगर के ठाकुरों की बेटी ने नदी में कूदकर जान दे दी। बेचारी करती भी क्या...इतनी छोटी-सी उमर में सब कुछ तो छिन गया।"

सुनकर काकी उसे गले से लगा लेती हैं, "हे भगवान, इस नन्ही-सी जान ने कितना दुःख झेला है।"

"तुम्हीं बताओ काकी, मरने के सिवाय मेरे पास रास्ता भी क्या था।" अपनी दुःख-दर्द-भरी कहानी सुनाते-सुनाते रमा फूट-फूटकर रो पड़ती है।

"मैं निकालूँगा रास्ता...अब से तुम मेरी बेटी हो...हम अपने हाथों से तुम्हारी शादी करेंगे–देखूँ कौन रोकता है..?"

"नहीं-नहीं, मेरी माँ रो-रोकर पागल हो रही होगी...वह जीते-जी मर जायेगी। मेरे घरवाले मेरे लिए तड़प रहे होंगे। मैं शादी करके सुखी हो जाऊँ और वे सब रो-रोकर जान दे दें, यह नहीं हो सकता...नहीं।"

बाबा और काकी उसका दुख समझकर रमा से वादा करते हैं कि वह उसके माँ-बाप को लाकर उनके आशीर्वाद से ही शादी करायेंगे, पर उसे उनका साथ देना पड़ेगा। उनके बहुत कहने पर रमा उन्हें राधा का पता दे देती है। बाबा ख़ुद जाकर शहर से राधा और देव को बुला लाते हैं। एक बार फिर बिछड़े प्रेमी मिल जाते हैं।

"तुमने नदी में कूदने से पहले एक बार भी यह नहीं सोचा कि मुझ पर क्या बीतेगी..?" देव ने उसे सीने से लगाकर प्यार करते हुए कहा।

"मैंने कभी किसी को सुख नहीं दिया, देव! कहीं ऐसा न हो, मेरी परछाई पड़ने से तुम्हारा सुख-चैन भी नष्ट हो जाये।"

"मेरा सुख-चैन तो आज मुझे वापस मिला है, रमा! तुम्हारे बिना चारों तरफ़ अँधेरा-ही-अँधेरा था।"

"मेरा कहना मान, रमा!" राधा उसे समझाती है, "पुरानी ज़िन्दगी भूल जा...अब फिर से सब कुछ नया शुरू कर...तू उन लोगों को पीछे छोड़ आयी है। अब उन्हें याद मत कर...ठाकुर काका कभी अपने हाथों से तेरा ब्याह मेरे भाई के साथ नहीं करेंगे।"

"नहीं, राधा...मैं जानती हूँ वह मेरे बिना तड़प रहे होंगे। उनके बिना मेरा जीवन, मेरा सुख-चैन अधूरा है। उनके आशीर्वाद के बिना मैं कभी सुखी नहीं हो पाऊँगी।"

लाख समझाने पर भी रमा बिना माँ-बाप का आशीर्वाद लिए शादी करने को तैयार नहीं होती तो कप्तान साहब उसकी ज़िद स्वीकार करते हुए उसके सिर पर हाथ रखकर कहते हैं, "ठीक है...अब तुम मेरी बेटी

हो, भगवान ने मेरे हाथों तुम्हें नयी ज़िन्दगी दी है। इसे यूँ बर्बाद नहीं होने दूँगा...तुम सब लोग शादी की तैयारी करो...मेरा वायदा है बेटी, अब मैं तुम्हारे माँ-बाप को लेकर ही वापस आऊँगा...वही तुम्हारा हाथ देवधर के हाथों में देंगे।''

रामनगर पहुँचकर जब कप्तान साहब ठाकुर से मिलते हैं तो उनका दुःख और पश्चात्ताप तथा ठकुराइन का तड़पना देखकर उनका मन भर आता है।

''आप मुझे नहीं जानते, ठाकुर साहब! पर मैं आपको जानता हूँ.... आपकी बेटी के डूबने की ख़बर...।''

''अपनी बेटी को मैंने ही मौत के मुँह में ढकेल दिया। बाप होकर भी उसका दुःख-दर्द नहीं समझ पाया। अब किस मुँह से शिकायत करूँ?''

''मेरी भी एक विधवा बेटी है, ठाकुर साहब! समाज कुछ भी कहे ...नन्ही-सी बच्ची की ज़िन्दगी यूँ बर्बाद नहीं होने दूँगा। एक पढ़ा-लिखा नेक लड़का मिल गया है, जो उसे जीवन-साथी बनाकर अपने को धन्य समझेगा।''

''बड़े खुशक़िस्मत हैं आप, जो ईश्वर ने आपका हृदय इतना उदार बनाया है। मेरी बेटी को भी एक ऐसा ही लड़का मिल गया था, जो मेरे हाथ से गोली खाकर भी उसे अपनाने को तैयार था...पर मैं अपने गरूर में ऐसा अन्धा हो रहा था कि बजाय उसे गले लगाने के, धक्के देकर बाहर निकलवा दिया। साक्षात् भगवान मेरे दरवाज़े पर आये थे मेरी दुखियारी बच्ची को नया जीवन देने, और मैंने उन्हें ठोकर मार दी।'' मारे ग्लानि और दुःख के ठाकुर रोने लगते हैं, ''धिक्कार है मेरी ज़िन्दगी पर!...लोगों की बातों में आकर अपनी ही औलाद का ख़ून कर बैठा। मेरे पाप का कोई प्रायश्चित्त नहीं है। अब तो जीवन भर इसी तरह घुट-घुटकर मरना होगा।''

''आज मेरी बेटी का ब्याह है, ठाकुर साहब! पर वह पगली ज़िद पकड़े बैठी है कि आपका आशीर्वाद लेकर हो फेरों पर बैठगी...आपकी

बेटी की आत्महत्या की बात सुनकर यह आपके लिए बेचैन हो उठी है... बार-बार यही कहती है, 'कितने दुखी होंगे वे माँ-बाप, जो अपनी बेटी को जीवन-दान न दे सके। उन्हें ले आइये, बाबा! शायद मुझे आशीर्वाद देकर उनके तड़पते मन को कुछ शान्ति मिल जाये।' ठाकुर साहब, मैं आपका अहसान जीवन-भर नहीं भूलूँगा; ठकुराइन के साथ चलकर मेरी दुखियारी बेटी को नये जीवन, नयी खुशियों का आशीर्वाद दे दीजिए, वरना उसकी खुशी अधूरी रह जायेगी।''

''अपनी बेटी को जो सुख, जो आशीर्वाद न दे सका, उसे आपकी बच्ची को देकर शायद मेरे पाप का कुछ प्रायश्चित्त हो जाये। चलिए, हम ज़रूर उसके ब्याह में शामिल होंगे। उठो, रमा की माँ! अपनी जान देकर भी हम रमा को वापस नहीं ला सकते। अब तो दूसरों को ही अपना समझकर जीना होगा...मरना होगा।''

ठाकुर और ठकुराइन को लेकर बाबा फार्म पर लौटते हैं तो पर्दे के पीछे से झाँकती रमा मारे खुशी के रो पड़ती है। उसका मन होता है दौड़कर उन्हें गले से लगा ले, पर बाबा उसे रोक देते हैं, ''कुछ देर और ठहरो बेटी! वे तुम्हें आशीर्वाद देने, गले से लगाने ही आये हैं।''

थोड़ी देर में बाबा जब ठाकुर और ठकुराइन को लेकर अन्दर के आँगन में आते हैं, तो रमा के मुँह पर घूँघट है और देव के चेहरे पर फूलों का सेहरा। दोनों ब्याह के मण्डप के नीचे सिर झुकाये बैठे हैं।

उनके सिर पर अपना काँपता हाथ रखकर ठाकुर टूटती आवाज़ में कहते हैं, ''सदा सुखी रहो, फलो-फूलो!"

''ईश्वर तुम्हें अटल सौभाग्य दे, बेटी!'' ठकुराइन रुँधे गले से आशीर्वाद देती हैं।

''जो आशीर्वाद अपनी बच्ची को उसके जीवन में न दे सके, आज तुम्हें देकर शायद उसकी और मेरी आत्मा को कुछ सन्तोष, कुछ शान्ति मिल जाये।'' ठाकुर का गला भर आता है। एक बूँद आँसू दुल्हन के हाथ पर गिर जाता है। वह तड़पकर अपना घूँघट पलट देती है–''माँ...बापू!''

देव मुसकराते हुए अपने सेहरे की लड़ियाँ चेहरे के ऊपर से हटा देता है। एक क्षण के लिए ठाकुर और ठकुराइन अवाक्, स्तब्ध, आश्चर्यचकित रह जाते हैं और फिर उन्हें कसकर सीने से लगा लेते हैं, जैसे उन्हें अपनी आँखों पर विश्वास नहीं हो रहा हो... जैसे डर रहे हों, कहीं यह सुन्दर सपना टूट न जाये...और फिर लाल साड़ी में सजी अपनी बच्ची का माथा चूमकर ठकुराइन फूट-फूटकर रो पड़ती हैं।

''तेरा सौभाग्य अटल रहे, मेरी बच्ची!'' ठाकुर और ठकुराइन के मुँह से एक साथ निकलता है तो सबके होंठों पर खुशी की मुसकराहट खेल उठती है।

"अपनी धरोहर सँभालो, बेटे!" ठाकुर रमा का हाथ देवधर के हाथों में देते हुए कहते हैं, "आज से यह तुम्हारी है। भगवान तुम दोनों को हमेशा सुखी रखें...हमारा आशीर्वाद सदा तुम्हारे साथ...है।''

बड़े लोग

गाड़ी ने धीरे-धीरे रेंगना शुरू कर दिया है, लोग हाथ हिला-हिलाकर अपनों को विदा दे रहे हैं। प्लेटफ़ॉर्म पीछे छूटता जा रहा है पर मेरी गर्म आँसुओं की धुन्ध से भरी आँखें अभी भी तुम्हें ढूँढ़ रही हैं। जानती थी, तुम नहीं आओगे, फिर भी एक क्षीण आशा का तार पकड़कर मेरी प्यासी निगाहें तुम्हें खोजती रही थीं कि शायद तुम आ जाओ पिछली बार की तरह दौड़ते हुए, मुझे ढूँढ़ते हुए और बिना कुछ कहे भी इतना कह जाओ कि अगले दो साल तक मैं तुम्हारी आँखों के उस अनकहे प्यार के सागर में गले तक डूबी रहूँ। तुम्हें चाहती रहूँ अपने रोम-रोम से, हृदय की अनन्त गहराइयों से। तुमने तो उस वक़्त भी केवल इतना ही कहा था, वह भी उस वक़्त जब आनन्द भैया एक मैगज़ीन ख़रीदने के लिए बुक-स्टाल की ओर चले गये थे।

"अब कब आओगी?" पर मुझे लगा था, सारी दुनिया का प्यार उन तीन शब्दों में उमड़ आया है। अपनी रुलाई रोककर मैंने भी कुछ कहना चाहा था पर तभी गाड़ी ने सीटी दे दी थी और भैया दौड़ते हुए वापस आ गये थे। तुमने ज़ोर-ज़ोर से हाथ हिलाकर हँसते हुए हमें विदा दी थी पर तुम्हारी आँखों का दर्द मुझे कहीं बहुत गहरे छू गया था। नींद का बहाना करके अपनी आँखों को रोशनी से बचाने के लिए मैं भैया की तरफ़ से मुँह फेरकर लेट गयी थी और फफक-फफककर रो पड़ी थी। सत्रह-अठारह साल की उमर में किये गये पहले-पहले प्यार की तड़पन ने मुझे ऊपर से नीचे तक आरी की तरह चीरकर रख दिया था। मन हो रहा था—या तो खिड़की से कूदकर जान दे दूँ या दौड़कर तुम्हारे

पास पहुँच जाऊँ और तुम मुझे अपनी विशाल बाँहों के घेरे में बाँधकर, अपनी बड़ी-बड़ी गहरी आँखों से मेरी आँखों में झाँककर कहो, "रज्जो, तू आ गयी?"

दिल्ली बहुत पीछे छूट गयी है और उसी के साथ अदृश्य हो गयी है मेरे सपनों की मंज़िल! अब तो चारों ओर घुप अँधेरा है– कोई उजाला नहीं, रोशनी नहीं! सिर्फ़ अतीत की यादों की तरह बियावान जंगलों के ठूँठ मेरा पीछा कर रहे हैं। माँ कहती है, "खिड़की बन्द करके सो क्यों नहीं जाती, तुझे नींद नहीं आ रही?"

"नींद... नहीं माँ, मुझे नींद नहीं आती।" मेरी नींद तो उस बन्द दरवाज़े से सिर टकरा रही है, जहाँ तुम सो रहे हो। जानती हूँ, अब यह दरवाज़ा मेरे लिए कभी नहीं खुलेगा। तुम कभी पुलक कर मुझे अपनी बाँहों में नहीं समेटोगे, कभी नहीं कहोगे, "रज्जो, तू आ गयी?"

माँ के कई बार कहने पर मैंने खिड़की बन्द कर दी है। गले तक चादर लपेटकर सीधे हाथ की बाँह से अपनी आँखें ढक ली हैं पर तुम्हें अन्दर आने के लिए किसी खिड़की-दरवाज़े की ज़रूरत नहीं पड़ती। तुम्हारे प्रेमपाश की कुण्डली में जकड़ा मेरा तन-मन चाहे भी तो अपने को छुड़ाकर भाग नहीं सकता। वह तो उस बेबस जानवर की तरह सिसक-सिसककर दम तोड़ देगा जो एक विशाल अजगर की गिरफ्त में समा गया हो। दो साल तक मैं तुम बनकर जीती रही हूँ। तुम्हारे साथ हँसी-रोयी हूँ, तुम्हारे ख़यालों में जागी और सोयी हूँ। मेरे लिए संसार में कोई पुरुष था तो तुम थे, प्यार था तो तुम थे, जीवन था तो तुम थे। अपने को तुम्हारे योग्य बनाने के लिए मैंने अपनी काया को कंचन-सा निखार दिया था। बी.ए. में फर्स्ट डिविजन लाने के लिए आठ-आठ घण्टे पढ़ाई की थी, कोई कह न पाये डॉक्टर ने प्यार भी किया तो एक बुद्धू-सी, गँवार-सी लड़की से।

हाँ, कुछ ऐसी ही तो थी जब दो साल पहले नीलिमा दीदी की शादी पर दिल्ली आयी थी। फूफाजी कितने बड़े अफ़सर थे, यह उनके बँगले, कार, रहन-सहन से ज़ाहिर था। उनकी इकलौती बेटी की शादी

में मामा का सपरिवार आना स्वाभाविक बात थी पर उनके ठाठ-बाठ के सामने हम अपने को और भी ग़रीब महसूस करने लगे थे। हमारी शाहज़हाँपुरी सभ्यता उनके अंग्रेज़ी तौर-तरीक़ों के मुक़ाबले हमें और भी छोटा बना जाती थी, लेकिन हमारी यह कमी भगवान ने दूसरी तरह पूरी कर दी थी। माँ के सुन्दर नाक-नक्श-बड़ी-बड़ी आँखें और गोरा रंग उन्हें विरासत में मिले थे। अपने काले, लम्बे, घने बालों की दो चुटिया बनाकर शादी के लिए ख़ास तौर से सिलवाये सलवार-सूट पहनकर जब में बाहर निकलती तो लोगों की निगाहें थोड़ी देर के लिए मेरे चेहरे, मेरी ऊँची सुडौल देह-यष्टि पर जमकर रह जातीं।

मैंने पहली बार अपने लिए 'हाऊ ब्यूटीफुल', 'क्यूट', 'सो स्वीट' के सम्बोधन सुने थे वरना शाहज़हाँपुर में तो मैं सिर्फ़ अपनी गोरी माँ की गोरी बेटी थी। यहाँ आने के अगले दिन ही नीलिमा दीदी ने अपने ढेर सारे बढ़िया-बढ़िया कपड़े मुझे पकड़ा दिये थे। अब भला वे उनके किस काम के थे। लखपति लोगों के घर जा रही थी वह। उनके दिये कपड़े देखकर मेरे मुँह से खुशी की चीख़ निकल गयी थी। एक से एक बढ़िया सलवार-सूट, चूड़ीदार मिडी मैक्सी। यहाँ तक कि लहँगा-चुन्नी भी। अब मैं भी दूसरे मेहमानों की तरह रोज़ नये-नये कपड़े पहना करूँगी। कितनी अच्छी हैं नीलिमा दीदी! कितना बड़ा दिल है उनका! उनके कपड़े पहनकर में भी फैशनेबिल लगने लगी थी, स्मार्ट लगने लगी थी। मुझे आज तक याद है, उस दिन मैंने काले रंग का चूड़ीदार पहना था, जिस पर सुर्ख लाल दुपट्टा गले में डालकर मैं इठलाती हुई लॉन में घूम रही थी। मेरी चाँदी की पायल और कुर्ते में लगे चाँदी के बटनों के घुँघरू रह-रहकर बज उठते थे।

आज सुबह मुझे इस लिबास में देखकर फूफाजी की बहन ने माँ से कहा था, 'अपनी बेटी को काजल का टीका लगा दो, कहीं नज़र न लग जाये।' हम ग़रीब हैं, हमें अपनी ख़ूबसूरती का घमण्ड नहीं है। अपनी बड़ाई सुनते ही हम दूसरों को अपने से गिरा हुआ नहीं समझने

लगेंगे, इस बात का इतमीनान लोगों को हमारी तारीफ़ के बारे में बड़ा दरियादिल बना देता है।

मैंने तो कभी सोचा ही नहीं था, जाना ही नहीं था कि इतनी सुन्दर हूँ कि मुझे किसी की नज़र भी लग सकती है। एक बार फिर से शीशे के सामने खड़ी होकर अपना काजल, बिन्दी ठीक कर आयी थी तो लगा था काला, लाल रंग मेरे ऊपर सचमुच फबता है और तभी तुम आ गये थे मुझे नज़र लगाने। मुझे यह अहसास कराने कि 'मैं सुन्दर हूँ, कोई मुझे प्यार भी कर सकता है, लॉन के कोने पर खड़े होकर तुमने मुझे ऐसी नज़रों से देखा था कि मेरे घुँघरू बजने बन्द हो गये। मैं इठलाना भूल गयी। मेरी कनपटी गर्म हो उठी और मेरा चेहरा शायद एकदम लाल हो गया था क्योंकि तुमने मुसकरा कर कहा था, 'यह लाल गुलाब अपने बालों में लगा लीजिए, आपके चेहरे और दुपट्टे से एकदम मैच कर रहा है।'

इसके पहले कि तुम वह गुलाब तोड़कर मुझे देते, मैं अन्दर भाग गयी थी हाय राम! कितना ढीठ लड़का है, भला यह भी कोई तरीक़ा हुआ बात करने का! न जान, न पहचान, बड़ी बीबी सलाम। पर मुझे तुम्हारा यह ढीठपना, यह बेतुका परिचय बुरा नहीं लगा था। तुम थे ही ऐसे कि पहली दृष्टि में ही तुमने मुझे जीत लिया था। तुम्हारा लम्बा क़द, चौड़े कन्धे, मुसकराता चेहरा, झील की तरह गहरी आँखें और शहद जैसा रंग—बड़ी फुरसत में बनाया होगा भगवान ने तुम्हें। इतने अच्छे लगे थे तुम मुझे कि अन्दर जाकर तुम्हारी शिकायत करने की बजाय मैं तुम्हें दरवाज़े के पीछे से चुपचाप झाँक-झाँककर देखती रही थी। तुम आनन्द भैया के साथ मेडिकल कॉलेज में पढ़ते हो, उनके गहरे दोस्त हो और इस परिवार के बहुत क़रीब, यह जानकर मेरा कलेजा धक-धक करने लगा था। फिर तो तुम कल भी आओगे, शादी में भी आओगे... और अगले दिन से मैं रोज़ तुम्हारे आने की प्रतीक्षा करने लगी थी। अपनी सजावट पर ज़्यादा ध्यान देने लगी थी। तुम्हें कनखियों से बार-बार देखने लगी थी। रात के नाचने-गाने में ऐसा ठुमक-ठुमककर नाचती कि माँ

की ढोलक की ताल मुझे हमेशा अपने पैरों से धीमी ही लगती और मैं चिढ़कर कहती, "तेज़ क्यों नहीं बजाती?"

"अब ढोलक भी हमीं बजायें और गाना भी हमीं खींचें, तुम साथ दो न!" वह हँसकर कहती।

मैं किलककर गा उठती–

"पापी भौंरे ने कली चटकाई, रस लूटा तमाम
रात रहे सौतनियाँ के द्वारे, भोर भये कुण्डी खटकाई।"

नाच-गाने का ज़िम्मा हम माँ-बेटी के सिर पर ही था, हमारे शाहज़हाँपुर में तो छोटी-बड़ी हर लड़की नाचती है, फ़िल्मी धुनों पर बनाये गीतों पर, बिना नाज़-नखरे के झूम-झूमकर। यह दिल्ली वाली तो बस खी-खी करना जानती हैं। गाने में साथ तक नहीं देतीं। पर मुझे किसकी परवाह थी? ज़मीन से एक बालिश्त ऊँची हवा में नाच रही थी मैं। धीरे-धीरे आनन्द भैया के साथ तुम भी मुझे चिढ़ाने लगे थे। कभी-कभी के बजाय रोज़ आने लगे थे। मैं जान गयी थी, तुम मेरे लिए आते हो क्योंकि किसी-न-किसी बहाने तुम मुझे अपने पास बिठाने की, मुझसे बातें करने की कोशिश करते। वैसे नीलिमा दीदी का ख़याल था, तुम उनके लिए आते हो। उन्हें सगी बहन से ज़्यादा मानते हो। "आनन्द से भी ज़्यादा चाहता है मुझे, इसकी कोई बहन जो नहीं है। पिता का बहुत बड़ा काम है सोनीपत में। लाखों की आमदनी है, पर इसे व्यापार में कोई दिलचस्पी नहीं। बचपन से ही पढ़ने में बड़ा होशियार था इसलिए डॉक्टरी पढ़ने भेज दिया। शुरू-शुरू में अपना घर, माँ-बाप बहुत याद आते थे इसलिए आनन्द के साथ अक्सर हमारे घर आ जाया करता था। अब भी हर साल मुझसे राखी बँधवाने आता है, बड़ा प्यारा लड़का है।"

शादी भर तुम घरवालों की तरह काम-धाम, हँसी-मजाक़ में शामिल होते रहे। मुझे अपनी नशीली आँखों के मोहजाल में फँसाते गये। शादी वाले दिन मैंने गहरे कत्थई रंग का लहँगा-चोली पहना था, जो नीलिमा दीदी ने अपनी बुआ के बेटे की शादी में सिलवाया था। गोटे-किनारी के काम से झमझमाती चुन्नी। अपने मेकअप के साथ थोड़ा-सा मेरा भी करवा दिया था। शायद मैं बहुत अच्छी लग रही थी तभी तो उस

भीड़-भाड़ का फ़ायदा उठा कर तुमने धीरे-से मेरा हाथ दबाकर कहा था, "यू आर लवली, यू आर द मोस्ट ब्यूटीफुल गर्ल, आई हैव एवर सीन।" सुनकर मुझे लगा था, मैं इस धरती पर रहने वाली रज्जो नहीं, आकाश में उड़ती हुई कोई अप्सरा हूँ और तुम मेरे देवदूत। स्वर्ग का असीम सुख मेरी छोटी-सी मुट्‌ठी में समा गया है। जीवन रहते इसे खुलने नहीं दूँगी।

नीलिमा दीदी की विदा के अगले दिन माँ और बाबू जी ने वापस चलने की तैयारी शुरू कर दी थी तो मुझे लगने लगा जैसे हृदय का स्पन्दन रुक गया है। जीवन के अर्थ मिटने लगे हैं और तभी बुआ के एक वाक्य ने मुझे डूबने से बचा लिया था, "रज्जो को कुछ दिन के लिए मेरे पास छोड़ जाओ, भाभी! नीलिमा के बिना यह घर काटने को दौड़ रहा है। वह तो महीने भर बाद हनीमून से लौटकर ही आयेगी, तब मैं इसे आनन्द के साथ वापस भेज दूँगी। अभी इसकी भी छुट्टियाँ हैं, वहीं जाकर क्या करेगी?" मन हुआ था, बुआ को गोद में उठाकर गोल-गोल घुमा दूँ। उन्हें चूम लूँ इतनी प्यारी-सी बात कहने पर। लगा ही नहीं जीवन में पहली बार माँ से बिछुड़ रही हूँ। तुम जो यहाँ थे, मेरी सारी दुनिया यहाँ थी। कुछ दिन और तुम्हारे नज़दीक रह सकूँगी, तुम्हें देख सकूँगी, तुमसे बात कर सकूँगी। इस विशाल सुख को अपने नन्हे से सीने में छिपाना कितना भारी पड़ रहा था। माँ और बाबू जी के जाने के बाद तकिये में मुँह छिपाकर मैं मारे ख़ुशी के रो दी थी।

अगले दो दिनों में मेहमानों से भरा घर ख़ाली हो गया। रह गये थे बुआ, फूफाजी, मैं, आनन्द भैया और आलोक भाई साहब। जब कभी मौक़ा मिलता, वक़्त मिलता, तुम चले आते उन लोगों से मिलने के बहाने मुझे देखने। सारा-सारा दिन मैं कोई किताब लेकर फ़ोन के पास बैठी रहती, इस उम्मीद में कि तुम आनन्द भैया को फ़ोन करोगे और अगर आस-पास कोई न हुआ तो उनसे कम और मुझसे ज़्यादा बातें करोगे। रामू मेरी इस आदत से कितना ख़ुश था। अब उसे फ़ोन उठाने के लिए रसोई से दौड़कर नहीं आना पड़ता था। मैं जो थी वहाँ हरदम तैनात। तुम्हारी आवाज़ सुनकर मेरा सारा शरीर झनझना जाता। सिर्फ़ 'हाँ-हूँ' में उत्तर सुनकर तुम चिढ़कर कहते, "तुम बोलती क्यों नहीं, अब मैं भी

फ़ोन नहीं करूँगा।" पर तुम फिर करते थे और मैं तुम्हारी आवाज़ के नशे में डूबी फ़ोन पकड़े गुमसुम बुत बनी बैठी रहती। बुआ मुझे छेड़ती, "हमारे घर में रज्जो को कोई फ़र्नीचर पसन्द है तो यह फ़ोन के बराबर वाली कुर्सी, हरदम इसकी शोभा बढ़ाया करती है।"

उस दिन इतवार था। फूफाजी को सपरिवार किसी ने लंच पर बुलाया था। हम सभी बारह बजे उनके साथ जाने वाले थे पर ठीक ग्यारह बजे अचानक मेरे पेट में दर्द उठा था। दर्द सचमुच उठा था या मैंने बहाना बनाया था, आज ठीक से नहीं कह सकती। शायद ऐन मौक़े पर लंच कैन्सिल नहीं हो सकता था, इसलिए उन सबको जाना पड़ा। आनन्द भैया ने अपनी डॉक्टरी झाड़ने के लिए मुझे ढेर-सी गोलियाँ पकड़ा दीं और बुआ ने खिचड़ी खाने की हिदायत। उनके जाते ही मैं दर्द भूलकर फ़ोन की घण्टी बजने का इन्तज़ार करने लगी थी। ठीक आधा घण्टा बाद तुम बोले थे, "रज्जो, क्या कर रही हो तुम?"

"फ़ोन के पास बैठी हूँ।"

"वहाँ आस-पास कोई है?"

"कोई नहीं, सब लंच पर गये हैं।"

"तुम नहीं गयीं?"

"मेरे पेट में दर्द है, मुझे खाना नहीं खाना।"

"क्या खाओगी?"

"बुआ खिचड़ी खाने को कह गयी है।"

"मेरा मन भी खिचड़ी खाने को कर रहा है, आ जाऊँ?"

"मुझे क्या पता!"

"तुम 'ना' कहोगी तो नहीं आऊँगा।"

"मैं क्यों 'ना' कहूँगी।"

"अच्छा तो आ रहा हूँ।"

बीस मिनट बाद ही तुमने घण्टी बजा दी थी और मैंने धड़कते दिल से दरवाज़ा खोल दिया था।

"रामू कहाँ है?"

"बाज़ार गया है— दही और टमाटर लाने।"

अचानक तुमने मेरी कमर में हाथ डालकर मुझे अपने पास खींच लिया था और मेरा चेहरा ऊपर उठाकर कहा था, ''तुम तो ऐसी लाल हो रही हो जैसे बाहर खिला गुलाब... पता है, अगर तुम सचमुच गुलाब होती तो मैं तुम्हें अभी तोड़कर अपने साथ ले जाता और... और...''

शायद आगे तुम्हें समझ नहीं आ रहा था क्या कहा जाये और मैं तुम्हारी यह उक्ति सुनकर खिलखिलाकर हँस पड़ी थी। मुझे नहीं मालूम था, डॉक्टर भी कविता कर लेते हैं। तुमने अपनी उँगली से मेरे गाल में पड़ने वाले गड्ढे को छूकर कहा था, ''मैं जब-जब तुम्हें देखता हूँ, मेरा मन होता है, इसे छू लूँ।''

पता नहीं यह कहते-कहते तुम्हें क्या हो गया था, मेरे गले में बाँहें डालकर तुमने मुझे कसकर अपने सीने से लगा लिया था और अपने तपते होंठों से मेरा माथा, मेरे गाल, मेरे होंठ चूमकर बार-बार कहा था, ''रज्जो, आई लव यू। आई विल ऑलवेज लव यू।''

मुझे लगा था जैसे धरती-आसमान घूम रहे हैं और मैं बेहोश होकर गिरने वाली हूँ। तभी बाहर का गेट खुलने की आवाज़ ने हम दोनों को वास्तविक दुनिया में लौटा दिया था। सिर झुकाये हम दोनों ने चुपचाप खिचड़ी खा ली थी। खाना समाप्त होते ही तुम जाने के लिए उठ खड़े हुए थे। मैंने तुम्हें रोका भी नहीं था। होस्टल पहुँचते ही तुमने फ़ोन किया था, ''रज्जो! नाराज़ तो नहीं हो मुझसे?''

मैं चुप रह गयी।

''बोलो न, तुम्हें मेरी क़सम।''

''नहीं, नाराज़ क्यों होने लगी!''

''यू नो, हाउ मच आई लव यू!''

''हाँ!''

''और तुम भी? यू ऑलसो लव मी?''

''तुम जानते हो।''

''रज्जो, मैं तुम्हारा हूँ। यू नो दैट, यू विल वेट फॉर मी।''

"हाँ, हमेशा।"

"अभी पढ़ाई के तीन साल बाक़ी हैं, फिर मैं आकर तुम्हें ले जाऊँगा।"

"सचमुच!"

"आई प्रोमिस यू, माइ लव, माइ स्वीट हार्ट!"

तुम्हारे वायदे को मैंने क़सम मान लिया था और उसी के सहारे दो साल जीती रही। तुम्हारे सपने देखती रही, तुम्हें तन-मन से चाहती रही। वापस आने के पहले मैंने खुद ही तुम्हें पत्र लिखने को मना किया था। कहीं माँ ने देख लिया या किसी को भनक पड़ गयी कि मेरा प्रेम-प्रसंग चल रहा है तो जीना दूभर हो जायेगा। शाहजहाँपुर जैसी छोटी जगह में लड़के-लड़कियों का प्रेमालाप नहीं चलता, ऐसी बात नहीं है पर सब कुछ छिप-छिपाकर, चुप-चुप। कहीं किसी को हवा भी लग गयी कि कुछ हो रहा है तो सारे शहर में कानाफूसी का विषय बनने से पहले लोग चुल्लू भर पानी में डूबना अधिक पसन्द करते हैं।

मैं जब भी तुम्हारे बारे में सोचती हूँ, मुझे लगता है, अच्छा है, कोई किसी के मनोभाव नहीं पढ़ सकता वरना माँ मुझे जान से मार डालती। अपने गाल के गड्ढे और होंठों को छूते वक़्त जब मेरे रोंगटे खड़े हो जाते हैं तो माँ कहती है, "जाकर स्वेटर क्यों नहीं पहन लेती, ठण्ड खा रही है।" उन्हें क्या मालूम, बेटी ग़म खा रही है। अब उस पर ठण्ड और गर्मी का असर नहीं होता।

अपनी शादी की चर्चा सुनते ही मैं बौखला जाती हूँ। यह बात माँ को कुछ अजीब-सी ज़रूर लगती है। "अब बीस साल की होने को आयी यूँ ही बैठी रहेगी ज़िन्दगी भर?"

"कह दिया न, बी.ए. कर लेने दो। तुम्हें तो बस शादी की पड़ी है। नीलिमा दीदी तेईस की थी जब शादी हुई, रिसर्च कर रही थी..."

"अरे भई, वे बड़े लोग हैं। जो भी करें सो ठीक है।"

"इसमें बड़े-छोटे से क्या, पढ़ना कोई गुनाह है?"

गनीमत थी, बाबूजी मुझसे सहमत थे। बी.ए. के बाद ही शादी-वादी का देखा जायेगा। हर छुट्टी में मेरा मन दिल्ली जाने के लिए मचल

उठता पर इस विषय में माँ-बाबूजी एकमत थे, "अमीर रिश्तेदारों के यहाँ बिना बुलाये जाकर अपनी बेइज़्ज़ती करानी है क्या? हम यहीं ठीक हैं।"

दो साल तक न बुआ ने कभी बुलाया, न हम गये। दिल्ली से चलते वक़्त कभी सोचा भी न था तुमसे इतने दिनों के लिए बिछुड़ रही हूँ। कभी-कभी बुआ पर बड़ा गुस्सा आता—बुला लेतीं तो उनका क्या बिगड़ जाता! पर भाग्य की विडम्बना तो देखो-न तुम आ सकते थे, न मैं जा सकती थी। हमारे पास फ़ोन भी तो नहीं था कि तुमसे दो बातें ही कर लेती। केवल इस विश्वास के बल पर जीती रही थी कि तुम मेरे हो, मुझे लेने आओगे। तुम्हारे आने से पहले ही हमारा दिल्ली आने का मुहूर्त निकल आया। आलोक भाई साहब की शादी का निमन्त्रण पत्र पढ़कर मैं नाच उठी थी। लगा, यह शादी का बुलावा नहीं, मेरी रिहाई का पैग़ाम है। दो साल का कारागार भुगत कर आज़ाद हो रही हूँ—तुम्हें देखने के लिए, तुमसे मिलने के लिए।

तुम्हारी रज्जो इसी दुनिया में जीती है, तुम्हारे लिए रात-दिन तड़पती है, यह बताने के लिए।

तुम मुझे देखोगे तो हैरान हो जाओगे—कितना बदल गयी हूँ, इन कुछ वर्षों में कितनी बड़ी हो गयी हूँ, मैच्योर हो गयी हूँ। पर मैं जानती हूँ, तुम्हें देखकर मैं उसी तरह लाल हुए बिना नहीं रह सकूँगी। तुम शायद फिर कहोगे—मैं बाहर लॉन में खिले गुलाब की तरह सुर्ख हूँ या इन दो सालों में मेरे लिए कोई नया उपनाम सोच लिया है? तुमने आनन्द भैया से ज़रूर पूछ लिया होगा, हम किस दिन, किस ट्रेन से दिल्ली आ रहे हैं। शायद तुम उनके साथ स्टेशन ही आ जाओ। तभी तो मैंने इतनी अच्छी साड़ी सफ़र में पहन ली थी। माँ का दिल रास्ते-भर कुड़मुड़ाता रहा था, "क्यों सफ़र में साड़ी का नाश मार रही है, घर चलकर ही पहन लेती पर कोई सुने तब तो..."

तुम स्टेशन परे हमें लेने नहीं आये थे। मैं चाहकर भी आनन्द भैया से पूछ न सकी—तुम्हारा दोस्त कहाँ रह गया? हो सकता है तुम्हें बहुत काम हो, अब तुम हाउस सर्जन हो गये हो इसलिए बड़ी व्यस्त ज़िन्दगी

होगी। आनन्द भैया ने मेरी चुटिया खींचकर कहा था, ''अरे रज्जो, ये तू है। बाप रे, कितनी बड़ी हो गयी। अब जल्दी से तेरे लिए लड़का ढूँढ़ना पड़ेगा।''

''और तुम भी तो डॉक्टर बन गये हो, भैया!'' लड़का उन्होंने मेरे लिए पहले ही ढूँढ़ दिया था, यह मैं उन्हें नहीं बता पायी थी।

घर पहुँचकर मैं दो घण्टे रगड़-रगड़कर नहायी थी। अपने लम्बे-लम्बे बालों को नीलिमा दीदी के इम्पोर्टेड शैम्पू से ढेरों झाग उठा-उठाकर धोया था। जब बाहर निकली तो शीशे की तरह दमदमाती हुई। पर कहाँ था वह मेरा चितचोर जिसका प्रतिबिम्ब मैं इस आईने में देखना चाहती थी।

पहले दिन काली चूड़ीदार कमीज़ में देखकर तुम मुझ पर न्यौछावर हो गये थे। आज मैंने अपने को काली साड़ी में लपेट लिया और धूप में बाल सुखाने के बहाने लॉन में जाकर खड़ी हो गयी थी तुम्हारी प्रतीक्षा में–तुम कब आओगे, अब आ भी जाओ, मुझसे और इन्तज़ार नहीं होता।

अगले तीन दिन मैं इसी तरह तैयार होकर लॉन में खड़ी तुम्हारी प्रतीक्षा करती रही थी पर तुम नहीं आये। हर रात तकिये में मुँह छिपा कर रोती रही थी पर तुम नहीं आये। तुम दिल्ली में ही थे। तुम्हें यह पता था कि मैं आ गयी हूँ क्योंकि आनन्द भैया और नीलिमा दीदी को मैंने तुमसे फ़ोन पर बात करते सुना था। उनके मुँह से बार-बार तुम्हारा नाम सुनकर मैं सिहर उठी थी पर तुमने मुझे हेलो करने को भी नहीं बुलाया था। फिर मैं किस मुँह से उनसे फ़ोन माँगकर तुम्हारा हाल-चाल पूछती। दो साल में पहली बार मेरा विश्वास डगमगाया था। पहली बार दिमाग़ ने दिल से कहा था, ''क्यों अँधेरे में भटक रही है? वह शायद तुझे भूल गया है।''

''नहीं, ऐसा नहीं हो सकता, वह मुझे नहीं भूल सकता। वह मेरा था, मेरा रहेगा, उसने मुझे वचन दिया था।'' दिल में अब भी आशा बाक़ी थी।

''तेरा होता तो तुझसे मिलने न आता? फ़ोन न करता?''

''उसे काम होगा, वह मुझे धोखा नहीं देगा। वह आयेगा, ज़रूर आयेगा।''

चार दिन तक मुझे तड़पाकर, रुलाकर तिलक वाले दिन तुम आये थे और तुम्हारी बाँह पर झूलती हुई वह डॉक्टरनी। दो साल बाद तुम्हें देख कर मेरा मन हुआ था, तुमसे चिपटकर फूट-फूटकर रो पड़ूँ, कहूँ, 'देखो, तुम्हारी रज्जो आ गयी।' पर तुम मुझे ऐसी अजनबी निगाहों से देख रहे थे या देखने का नाटक कर रहे थे कि शर्म, ग्लानि, क्षोभ से मेरा चेहरा तमतमा गया। मुझे लगा, मेरी आँखों के सामने अँधेरा छाता जा रहा है। तुम्हारी तरफ़ बढ़ते हुए अपने क़दम रोककर मैं वहीं एक कुर्सी का सहारा लेकर बैठ गयी और तभी आनन्द भैया ने तुम्हें आवाज़ दी थी, "तुमने रज्जो को नहीं पहचाना? साड़ी में कितनी बड़ी लगती है।"

मुझे पहचानने का अभिनय करते हुए तुम क़रीब आकर बोले थे, "अरे रजनी! तुम तो सचमुच बहुत बदल गयीं!"

बदली मैं नहीं, तुम थे। तुमने मेरे अरमानों को कुचल डाला था इस बेदर्दी से कि मैं चीख़ना भूल गयी और फटी-फटी आँखों से तुम्हारा यह पाषाण रूप देखती रह गयी। अपनी नयी प्रियतमा से मेरा परिचय करवाते समय तुम्हारे स्वर में लेशमात्र भी दर्द या ग्लानि का भास नहीं था। उसने मुझे ऊपर से नीचे तक एक नुमायशी वस्तु की तरह परखकर कहा था, "शी इज़ क्यूट।" और तुम्हें खींचकर आँगन में ले गयी जहाँ आनन्द भैया के दूसरे डॉक्टर दोस्त खड़े थे। सारी शाम तुम सबके क़हक़हे आँगन में गूँजते रहे। तुम्हारी डॉक्टरनी के तराशे नैन-नक्श, तुम्हारे प्रति उनके अधिकार से भरे हाव-भाव मेरे सीने में तीर की तरह गड़ते रहे। मेरा प्यार सिसक-सिसककर दम तोड़ता रहा। तुमने एक बार भी मुझसे अकेले आकर बात करने की कोशिश नहीं की। एक बार भी यह जानने का प्रयास नहीं किया—कैसे मैं दो साल ज़िन्दा रही हूँ। कैसे हर दिन ज़िन्दा रहने के लिए थोड़ा-थोड़ा मरती रही हूँ? दो-चार बार हमारी नज़रें टकराई थीं। यह सम्भव नहीं कि तुमने मेरी आँखों की व्यथा को न पहचाना हो। मेरे टूटते हुए दिल की पुकार न सुनी हो। मेरे अन्दर चलती हुई आँधी को महसूस न किया हो। पर तुम जानकर भी अनजान बनने की कोशिश कर रहे थे। उस प्यार, उस चुम्बन, उस वायदे को झुठलाना

चाह रहे थे जो तुमने इक्कीस साल की उम्र में एक सत्रह साल की लड़की से किया था। जिसे तुमने जवानी का जोश समझकर भुला दिया था और वह पगली उसे जीवन का अटल सत्य समझकर पकड़े बैठी थी।

मेरा मन हो रहा था जाकर उस अंग्रेज़ी झाड़ने वाली डॉक्टरनी को एक झटके में खींचकर तुमसे अलग कर दूँ और चिल्ला-चिल्लाकर पूछूँ—"यही था तुम्हारा प्यार? यही थे तुम्हारे वायदे? तुम्हारे पास तो दुनिया की सारी दौलत है। चाहने पर कुछ भी ख़रीद सकते हो तुम...पर मुझ ग़रीब का सुख-चैन छीनकर तुम्हें क्या मिला? बोलो, मुझे बर्बाद करके क्या पाया है तुमने?"

मैं चाहकर भी तुमसे कुछ पूछ नहीं पायी। क्या होता पूछकर? फिर भी हर दिन तुम्हारी प्रतीक्षा करती रही थी यह सोचकर कि शायद कभी तुम अकेले आ जाओ। आकर मुझे मना लो, कहो कि वह सब झूठ था, हमारा प्यार ही सच है। पर तुम नहीं आये थे। शादी में भी सीधे लड़की के घर आकर बारात में शामिल हो गये थे। अपनी लिपी-पुती डॉक्टरनी के साथ और वहीं से वापस हॉस्टल चले गये थे। शायद जब तक मैं वहाँ थी तुम घर आना ही नहीं चाहते थे। मेरी निगाहों के तीखे दर्द से तुम्हें डर लगता था। मेरे सीने में छिपे ज्वालामुखी के धुएँ ने तुम्हें छू लिया था। उसके विस्फोट से अपने को बचाना तुम्हारे लिए ज़रूरी था।

रिसेप्शन के अगले दिन माँ-बाबूजी के साथ मैंने भी वापस लौटने की तैयारी कर ली। इस बार बुआ ने मुझे नहीं रोका था। उनके घर बहू आयी थी, उन्हें मेरी ज़रूरत नहीं थी। मेरी ज़रूरत किसी और को भी नहीं थी।...मैंने उन्हें माँ से कहते सुना था, "यह रज्जो कैसी हो गयी है--न हँसना, न बोलना, न गाना, न नाचना। पिछली बार आयी थी तो कैसे ठुमक-ठुमककर नाचती थी और कैसे-कैसे मज़ेदार गाने गाती थी... क्या था भला वह पापी भौंरे और कली का गाना?

"पापी भौंरे ने कली चटकाई रस लूटा तमाम।" माँ ने बात पूरी की।

"अब तो बस रात-दिन आँखों के सामने किताब धरे जाने क्या सोचा करती है। पता नहीं कहाँ खोयी रहती है।"

"मुझे कुछ नहीं हुआ है, बुआ!...तुम बड़े लोगों ने मिलकर एक भोली-भाली, गँवार-सी लड़की को, जो ठुमक-ठुमककर नाचती थी, कुहुक-कुहुककर गाती थी, ठहाका मारकर हँसती थी; लूट लिया है। अब वह कभी उस तरह नहीं थिरकेगी, नहीं गायेगी, नहीं हँसेगी, क्योंकि कोई वापस आकर उसकी कुण्डी नहीं खटखटायेगा, प्यार से नहीं कहेगा, "रज्जो, मैं तुझे लेने आया हूँ।"

एक साल

25 जून

आज माँ बहुत खुश हैं। मारे प्रसन्नता के उनके पैर ज़मीन पर नहीं पड़ते। बार-बार मेरी ओर देखती हैं। शायद उनका मन हो रहा है मुझे सीने से लगाकर प्यार कर लें, वैसे ही जैसे जब मैं छोटी थी। तब किया करती थीं। पर अब मैं बड़ी हो गयी हूँ। मैंने बी.ए. पास कर लिया है। जिस दिन मेरा रिजल्ट आया था उस दिन भी माँ और पिताजी बहुत खुश हुए थे, पर आज? आज तो वह मारे खुशी के रो पड़ी थीं। पिताजी के मुँह से मेरी ससुरालवालों की 'हाँ' सुनते ही उन्होंने अपने शंकर भगवान के चरणों में माथा टेक कर दो बूँद अर्पित करते हुए कहा था, "हे भगवान! तूने मेरी सुन ली।" और पिताजी के मुँह पर वह मुसकान खेल उठी थी जो मैंने बहुत दिनों से नहीं देखी थी।

उन्होंने सन्तोष की साँस लेकर कहा, "हाँ, प्रतिमा की माँ! भगवान ने हमारी सुन ली।"

1 जुलाई

माँ और पिताजी के उत्साह का अन्त नहीं है। सुनती हूँ पन्द्रह दिन बाद मेरी सगाई जाने वाली है। दस साल से जिस दमतोड़ मेहनत से पिताजी पैसा कमा रहे थे और माँ मेरी शादी के लिए जोड़-जोड़कर रख रही थीं, आज उसे ख़र्च करने का वक़्त आ ही गया था। अँगूठी, सूट, चाँदी के बर्तन, और भी न जाने क्या-क्या! कोई कह न पाये कि एक मामूली

मास्टर और दे ही क्या पाता। मुझे माँ और पिताजी की इस मनोवृत्ति पर कभी-कभी बड़ी खीज आ जाती है। आख़िर हर बात की एक सीमा भी होती है।

पिताजी स्कूल के पहले सुबह दो ट्यूशन पढ़ाते हैं और फिर छुट्टी के बाद तीन। रात के दस बजे उनकी थकी देह को साँस मिलती है। पिछले दस सालों से उनकी यही दिनचर्या है। इस सबका मूल कारण मैं हूँ—उनकी इकलौती बेटी। मेरे भविष्य की चिन्ता उन्हें चैन से नहीं बैठने देती। मैं देखने में बुरी नहीं हूँ। पढ़ने में भी अच्छी हूँ। लेकिन मैं एक मामूली मास्टर की बेटी हूँ, यह बात वे लोग कभी नहीं भूल पाते।

15 जुलाई

मेरी सगाई का सामान देखकर लोग प्रशंसा किये बिना न रह सके। माँ और पिताजी के सीने कितने चौड़े हो रहे हैं। लोग आश्चर्य प्रकट कर रहे हैं, "अरे, प्रतिमा का रिश्ता पक्का हो गया। हमें पता भी न चला। लड़का क्या करता है?"

पिताजी पुलककर कहते हैं, "इंजीनियर है, बाहर से पढ़ाई करके आया है।" सुनकर कुछ प्रश्नसूचक निगाहें मेरी ओर उठ जाती हैं। कुछ को मेरे भाग्य पर प्रसन्नता होती है, कुछ को आश्चर्य और कुछ को ईर्ष्या। यह देखकर मेरे दिल की धड़कन दूनी हो जाती है।

मैं सचमुच बहुत खुश हूँ, शायद मेरी यह खुशी छिपाये नहीं छिपती। मेरी सहेलियाँ छेड़ती हैं, "अरे, तू तो बड़ी छिपी रुस्तम निकली। चुपके-चुपके हाथ मार दिया। कैसे हैं हमारे जीजा जी? कुछ हीरो मार्का हैं या नहीं? अरे भाई, तुमने तो उन्हें देख लिया, ज़रा हमें भी तो दिखा दो।"

हाँ, मैंने उन्हें देखा है, पर जी भर के नहीं... इतने लोगों के बीच में भला किसी को टकटकी लगाकर देखा जा सकता है। हाँ, उनकी फ़ोटो माँ की अलमारी में है, उसे कई बार निकालकर चोरी-चोरी चुपके-चुपके देखा है पर जी नहीं भरता। मेरी फ़ोटो भी उनके यहाँ गयी थी। पता

नहीं वह भी उसे देखते हैं या नहीं। पता नहीं उनका भी जी भरता है या नहीं...।

2 अगस्त

पण्डित जी ने मेरी शादी की तारीख़ 8 फ़रवरी निकाली है। अभी छह महीने बाक़ी हैं, पर माँ कहती हैं, ''अब दिन ही कितने रह गये हैं। जल्दी से तैयारी शुरू कर दो।''

मेरा मन होता है, कहूँ–माँ, तैयारी तो तुम न जाने कब से कर रही हो। पिताजी को दिन भर दम लेने की फुर्सत नहीं मिलती। कहते हैं अगले महीने से दो-एक ट्यूशन कम कर दूँगा, तभी ब्याह के काम के लिए फुर्सत मिलेगी। माँ ठण्डी साँस लेकर कहती हैं, ''हाँ, सो तो करना ही पड़ेगा, पर एकाध महीने और चलने दो। देखते नहीं, घर का ख़र्च कितना बढ़ गया है।''

पहले हम लोग एक पुराने मुहल्ले की अँधेरी-सी गली में बने छोटे-से मकान में रहते थे, जहाँ न धूप जाती थी, न हवा। पर जब मेरी शादी की बातचीत शुरू हुई तो मकान बदलना भी ज़रूरी हो गया। भला कौन डॉक्टर-इंजीनियर उधर आना पन्सद करता? एक अच्छी लोकेलिटी में अच्छा मकान लिया गया, जिसका अच्छा किराया देती बार माँ की छाती कसक उठती है पर कोई परवाह नहीं। उन्हें तो अपनी लाड़ली के लिए ऐसा वर ढूँढ़ना है कि देखने वाले दंग रह जायें। जब बी. ए. तक पढ़ाया है, शादी के लिए पेट काटकर हज़ारों रुपये इकट्ठे किये हैं तो क्या मकान के पीछे जिल्लत उठायेंगे। न जाने कितने होनहार लड़कों के द्वार खटखटाये, कितनों की ख़ुशामद की, ख़ुद को बेचकर लम्बे-चौड़े दहेज़ के वायदे किये, तब जाकर सफलता मिली है।

कई ने तो पिता क्या करते हैं, यह सुनकर ही 'ना' कर दी। भला एक मास्टर की हैसियत ही क्या होती है। पड़ोसियों-रिश्तेदारों ने कम व्यंग्यबाण नहीं छोड़े, ''यह मुँह और मसूर की दाल! सुना है अफ़सर देखे जा रहे हैं। दुनिया से निराली बेटी है इनकी, जो न करें कम है।''

कई-कई दिन माँ को खाने के नाम पर दो कौर मुँह में डालते और पिताजी को रात-रात भर करवटें बदलते देखा है। अपने लिए नहीं उनके लिए...उनकी इस तड़पन पर दो-दो बूँद आँसू मैंने भी गिराये हैं, इतनी मेहनत के बाद इतनी प्रतीक्षा के बांद आज वह दिन आया है जब वह भी सीना फुलाकर सबसे कहते हैं, "प्रतिमा के ब्याह पर ज़रूर आना। छह महीने पहले न्यौता दे रहे हैं। अपना तो ज़िन्दगी भर का बस यही एक काम है।"

माँ जैसे ही सुनती है, कोई बम्बई या कलकत्ता जा रहा है, दौड़कर पहुँच जाती हैं, "देखो भैया! तुम्हें एक तकलीफ़ दे रही हूँ। प्रतिमा के लिए एक-दो बढ़िया-सी साड़ियाँ ला देना।"

मैं देखती ही रह जाती हूँ। जिसे एक पैसे की फिजूलख़र्ची भी नागवार लगती है, जिसे मैंने अपनी याद में कभी बीस रुपये से ज़्यादा की साड़ी पहने नहीं देखा, बेटी के लिए सौ-सौ के नोट देते वक़्त उसका हाथ ज़रा भी नहीं डगमगाता। क्या औलाद से सचमुच इतना मोह सम्भव है!

5 सितम्बर

मैंने एम. ए. में दाखिला नहीं लिया। माँ कहती है, "क्या होगा आगे पढ़कर। फिर बीच में ही छोड़ना पड़ेगा। इसे थोड़ा आराम मिल जायेगा तो पनप जायेगी। वैसे ही कितनी दुबली-पतली है। ख़ाली बैठे मन नहीं लगता इसलिए पास के एक स्कूल में पेंटिंग सीखने चली जाती हूँ। मेरा हाथ ड्राइंग में अच्छा है। गुरुजी कहते हैं, "अगर मन लगाकर मेहनत करो तो बहुत जल्दी सीख सकती हो।" न जाने 'उन्हें' मेरा यह नया शौक़ कैसा लगेगा, सोचती हूँ आठ फ़रवरी से पहले एक सुन्दर-सी तस्वीर बना लूँ 'उनके लिए'... पता नहीं बना पाऊँगी या नहीं।

30 सितम्बर

मैं अपना चित्र जल्दी से शुरू कर देना चाहती हूँ। अपनी कल्पना से एक ऐसी सुकुमारी मुग्धा नायिका की तस्वीर बनाना चाहती हूँ जो अमावस्या

की अन्धकारमयी रात्रि में अपने प्रेम का दीपक जलाकर अपने प्रियतम से अभिसार के लिए जा रही है। सोचती हूँ गुरुजी को बिना बताये ही सबसे छिपाकर अपना चित्र बनाना शुरू कर दूँ इसे मैं किसी और को नहीं दिखाऊँगी...यह सिर्फ़ उनके लिए होगा...पता नहीं मैं बना पाऊँगी या नहीं...।

12 अक्टूबर

न जाने क्यों मेरा चित्र बन नहीं पा रहा है। मैं जो बनाना चाहती हूँ, वह हो नहीं पाता और खीजकर मैं काग़ज़-पेंसिल पटक देती हूँ। फिर कोशिश करती हूँ पर एक लाइन भी तो मुझे सन्तुष्ट नहीं कर पाती। तब मुझे महसूस होता है जैसे मेरे सिर में चक्कर आ रहा है, शरीर टूटा जा रहा है—लगता है, मैं अपनी ताक़त खोती जा रही हूँ, पर शायद यह सब मेरा वहम है। मेरा चित्र जो नहीं बन पा रहा इसलिए मैं बिना बात के परेशान हो उठती हूँ।

28 अक्टूबर

मेरी थकान जैसे दिनोंदिन बढ़ती जा रही है, लगता है अन्दर-ही-अन्दर खोखली हुई जा रही हूँ। मैं किसी से कुछ कहना नहीं चाहती, ज़रा-सा कान गरम होते ही तो माँ बेचैन हो उठती है। उनसे इस वक़्त यह सब कैसे कहूँ? पर वह थोड़ा-बहुत भाँप गयी हैं। कल पिताजी से कह रही थीं, ''प्रतिमा दिन पर दिन कमज़ोर होती जा रही है। पता नहीं इस लड़की पर कब मांस चढ़ेगा?''

मैंने हँसकर टालना चाहा तो पिताजी बोले, "बेटी, तू अपनी फिक्र खुद रखा कर, तेरी माँ को तो रात-दिन एक ही धुन है।'' और मैं शरमाकर हट गयी।

16 नवम्बर

मुझे पन्द्रह दिन से लगातार बुख़ार रहता है, शायद थोड़ा-थोड़ा और पहले से भी था पर अब तो उठा भी नहीं जाता। इन कुछ दिनों में मैं कितना

बदल गयी मेरी आँखों के नीचे कालिमा की छाया अधिक घनी हो गयी है। चेहरे का पीलापन बढ़ गया है। आँखों की थकावट में पुतली का चमकीलापन अजीब-सा लगता है। बहुत मोटी-ताज़ी तो मैं कभी भी नहीं थी पर आजकल की-सी कमज़ोरी भी कभी महसूस नहीं की। माँ और पिताजी कितने परेशान हो उठे हैं, "हे भगवान! इसके ब्याह के दो महीने बाक़ी रह गये हैं और इस लड़की को क्या होता जा रहा है?" मैं चाहती हूँ, किसी से कुछ ना कहूँ पर मेरा पीला चेहरा अपनी कहानी ख़ुद ही कह देता है।

22 दिसम्बर

पास के डॉक्टर के इलाज से मुझे कोई फायदा नहीं हुआ, उल्टा रोग बढ़ता ही जा रहा है। माँ और पिताजी की परेशानी का अन्त नहीं। डॉक्टर मुझे देखने आते हैं तो गिड़गिड़ाकर कहती हैं, "इसे जल्दी ठीक करिये, डॉक्टर साहब! इसके ब्याह के दिन ही कितने रह गये हैं।"

इस डेढ़-दो महीने में मेरे इलाज पर क़रीब पाँच सौ रुपये ख़र्च हो चुके हैं और माँ की छाती में जैसे पाँच सौ सुइयाँ चुभ गयी हैं। एक-एक पैसे को उन्होंने दाँतों से पकड़ा है—अपनी लाड़ली के ज़ेवरों के लिए, साड़ियों के लिए, उसकी दवाइयों के लिए नहीं।

13 जनवरी

आज माँ की आँखों में आँसुओं का और पिताजी के हृदय में व्यथा का अन्त नहीं। मेरे एक्स-रे की रिपोर्ट आ गयी है। डॉक्टर साहब पिताजी से धीरे-धीरे बातें करते रहे, फिर मेरे पास आये। उन्हें मुझसे बहुत हमदर्दी हो गयी है। ब्याह के एक महीने पहले किसी की यह हालत हो जाये तो उस पर किसे तरस नहीं आयेगा? लेकिन आज वह मुझसे कुछ भी नहीं कह पाये, 'हैव करेज' वाली बात भी नहीं। केवल मेरे हाथ और पिताजी की पीठ थपथपाकर चले गये। मैं समझ गयी हूँ, मुझे क्या हो गया है। अपने पपड़ी जमे सूखे होंठों से मैं मुसकराना चाहती हूँ पर माँ की सिसकियों में मेरा यह थका प्रयास डूब जाता है।

30 जनवरी

मुझे टी. बी. हो गयी है, यह बात मुझे किसी ने बतायी नहीं पर मैं जान गयी हूँ। आज से मेरे ब्याह के केवल आठ दिन रह गये हैं। अगर मैं बीमार न हुई होती तो यह घर मेहमानों-रिश्तेदारों से भरा होता, मेरी सखी-सहेलियों से भरा होता और उन सबके बीच हल्दी के उबटन से पीली देह पर लाल साड़ी पहने मैं भविष्य के सुखद सपनों में खोयी होती। पर अब...अब तो मैं दवाइयों से घिरी हूँ। बीमारी से थकी मेरी देह पीलापन ओढ़े अपने जीवन की अन्तिम साँसें गिन रही है। अब मैं कभी दुल्हन न बन सकूँगी। घोड़े पर सवार होकर कोई मुझे विदा कराने नहीं आयेगा। मेरे बिस्तर के नीचे काग़ज़ का एक टुकड़ा पड़ा है, उसे निकालकर देखती हूँ...। कुछ टूटी-फूटी रेखाएँ...हाँ, अब यह तस्वीर कभी पूरी नहीं हो पायेगी।

8 फ़रवरी

आज मेरे ब्याह का दिन है। घर में एक ऐसा डरावना सन्नाटा छाया हुआ है कि सूई गिरने की आवाज़ भी शोर मालूम पड़ती है। केवल माँ की सिसकियाँ इस सन्नाटे को तोड़ जाती हैं। पिताजी आज स्कूल नहीं जा पाये। उनके अन्तर की पीड़ा मैं समझती हूँ। इन दो महीनों में जैसे वह बीस साल बूढ़े हो गये हैं। महीने भर पहले उन्होंने मेरे ससुराल वालों को लिख दिया था, मैं कितनी सख़्त बीमार हूँ, शादी का प्रश्न ही नहीं उठता। कुछ दिन पहले उत्तर आ गया है। उन्हें हम लोगों से सहानुभूति है पर अधिक प्रतीक्षा उनके लिए सम्भव नहीं। "लड़के की दादी की इच्छा है–पोते का ब्याह इन गर्मियों में अवश्य हो जाये। प्रतिमा की इस अचानक बीमारी का हमें बड़ा खेद है, ईश्वर को यह रिश्ता मंजूर न था।"

अफ़सोस के दो शब्द कहकर वे छुटकारा पा गये हैं। पत्र में आगे जो सामान एक-दूसरे के यहाँ पहुँच गया था, उसके यथास्थान लौटाने की व्यवस्था की गयी थी। सब कुछ समाप्त हो गया है, सिर्फ़ मेरी

साँसें बाक़ी हैं और मेरे माँ-बाप के सीने की घुटन। पड़ोस की ताई मुझे देखने आती हैं।

"हिम्मत से काम लो बहू, अब तो प्रतिमा ठीक हो रही है।"

"ठीक हो रही है!" गुड़हल के फूल-सी लाल आँखें उठाकर माँ बिलख उठती हैं, "हम तो किधर के भी न रहे जीजी, भगवान ने किस बात की इतनी बड़ी सज़ा दी है?"

ताई भर्राये गले से पिताजी को आवाज़ देती हैं, "अब तुम्हीं इसे समझाओ भैया, इस तरह तो यह रो-रोकर पागल हो जायेगी।" पर पिताजी के मुँह से शब्द नहीं निकलते। उलटे वह ख़ुद ही फूट-फूटकर रो पड़ते हैं। आज उनके धैर्य का बाँध टूट गया है। जीवन में पहली बार उन्हें रोते देखा है, "मुझे क्षमा करो, मेरे जन्मदाता! मेरे कारण तुम जैसे वीर सैनिक को भी जीवन-युद्ध में हार खानी पड़ी।"

15 मार्च

जीवन का क्रम चल रहा है। दवाइयाँ, इंजेक्शन, आहें और आँसू। इच्छा होती है, इन शीशियों को फेंक दूँ, इन सुइयों को अपना शरीर छलनी न करने दूँ। चिल्ला-कर कहूँ, "मैं मरना चाहती हूँ।" पर कह नहीं पाती।

मेरे माँ-बाप को अगर इसी से कुछ सान्त्वना मिलती है तो उसे भी किस तरह छीन लूँ? डॉक्टर ने पिताजी को मुझे पहाड़ पर ले जाने की राय दी है। मैं कहती हूँ, "मुझे कहीं न ले जाइये। क्यों बेकार पैसा बहा रहे हैं? मैं अब ठीक नहीं हो सकूँगी।"

वह मेरे होंठों पर हाथ रखकर कहते हैं, "ऐसा मत कहो। डॉक्टर कहते हैं, पहाड़ पर जाकर महीने भर में ही तुम्हारा स्वास्थ्य बिल्कुल ठीक हो जायेगा। पैसा तो तुम्हारे लिए ही जोड़ा था। उसे ख़र्च करके मेरी बेटी ठीक हो जाये तो मेरे बराबर ख़ुशनसीब कौन होगा?"

इसके बाद मैं कुछ नहीं कह पाती। मैंने वैसे ही इन्हें क्या कम दुख दिया है। अब जो भी यह चाहते हैं, वही अच्छा है, वही ठीक है।

30 मार्च

मैं सैनेटोरियम में दाखिल हो गयी हूँ। यह स्थान कितना सुन्दर है और वातावरण कितना शान्त। इस भयंकर बीमारी के चंगुल में फंसे हुए मुझ-जैसे अनेक दुखी प्राणियों ने यहाँ आकर जीवन के लिए नयी प्रेरणा पायी है, जो जीवन की आशा छोड़ चुके थे पर जिन्हें वातावरण, साथी और डॉक्टर फिर से जीने के लिए उत्साहित कर रहे हैं। मुझे देखकर डॉक्टर ने कहा था, "यू आर सो यंग। तुम तो इस बीमारी से लड़कर इसे चार दिन में ही भगा सकती हो। इतनी उदास क्यों रहती हो? बीमारी सिर्फ़ दवाइयों से ही दूर नहीं होती। बीमार की इच्छाशक्ति और उत्साह भी बड़ा ज़रूरी है।"

इच्छाशक्ति और उत्साह? मैं तो दोनों ही खो चुकी हूँ। मेरे जीवन का सबसे सुन्दर सपना टूट गया है। अब क्या होगा जीकर? जिसके लिए जीना और मरना था, उसने मेरी तनिक भी प्रतीक्षा न की, तनिक भी जीवन-प्रेरणा न दी। जिसे मैंने सदा के लिए अपना मान लिया था, उसने मुझे कुछ भी न माना, कुछ भी न समझा...नहीं-नहीं, अब मैं ठीक होना नहीं चाहती...फिर यहाँ किसलिए आयी हूँ? माँ-बाप की खुशी के लिए? उफ, अहसान-फ़रामोश लड़की! तू यहाँ आकर अपने माँ-बाप पर अहसान कर रही है? उन माँ-बाप पर जिन्होंने तेरे लिए दिन को दिन और रात को रात नहीं समझा, जिन्होंने ग़रीब होकर भी अपना ख़ून-पसीना एक करके तेरे लिए अमीरों के ठाठ जुटा दिये, जो अपना तन बेचकर भी तुझे ठीक करके वापस ले जाना चाहते हैं ताकि तू फिर से जी सके, फिर से हँस सके और तू? तू कहती है जीकर क्या होगा...एक उस अनजाने व्यक्ति के लिए जिसे तूने पलक भर देखा नहीं, जी भर जाना नहीं...अगर वह तुझे राह में पड़े पत्थर की तरह ठुकराकर भूल गया है तो तू क्यों उसे याद करके अपनी आत्मा को तिल-तिल जला रही है? जी उनके लिए, जो तुझे प्यार करते हैं, जो अपनी अन्तिम साँस तक तुझे मौत के पंजों से छुड़ाने के लिए लड़ते रहेंगे। उनके इस प्यार, इस सेवा का कुछ तो बदला दे, जिन्होंने अपना सब कुछ तुझ पर लुटा दिया। तू उनके बुढ़ापे का सहारा बन। जीवन में यदि इतना कर सकी तो तेरा फिर

से जी उठना सार्थक हो जायेगा। मुझे क्षमा करो, मेरे जीवनदाता! आज तक मैंने तुम्हें धोखा दिया है, अपने को धोखा दिया है, पर अब ऐसा नहीं होगा...अब मैं जीऊँगी...जीने का अभिनय नहीं करूँगी...।

30 अप्रैल

आज पूरे एक महीने बाद लिख रही हूँ, इस खुशी में कि मैंने पूरी ईमानदारी से अपना प्रण निभाने का प्रयत्न किया है। इन तीस दिनों में एक बार भी तो अपने को कमज़ोर नहीं होने दिया है, जीवन की व्यथाओं पर एक बूँद आँसू भी तो नहीं गिरने दिया है। हृदय को एक क्षण के लिए भी तो उन घावों को फिर से कुरेदने का मौक़ा नहीं दिया है? मैंने फिर से मुसकराना सीख लिया है, हँसना सीख लिया है, जीना सीख लिया है।

30 मई

मैं अपने निश्चय पर दृढ़ रही हूँ। उन यादों को मैंने अपने मन से निकाल फेंका है जो मुझे कमज़ोर बनाती हैं। मैंने अपने जीवन का ध्येय निश्चित कर लिया है। अब मैं ठीक होकर जिऊँगी तो दूसरों के लिए, मरूँगी तो दूसरों के लिए। सदा लेती ही आयी हूँ, अब देने में भी पीछे नहीं हटूँगी। मैंने माँ-पिताजी से कह दिया है—मुझे बेटी नहीं, बेटा समझें। मैं कुछ करके, कुछ बनके दिखाऊँगी।

वे मुसकराकर कहते हैं, "तू जैसा चाहेगी, वैसा ही होगा।"

25 जून

आज पूरा एक साल हो गया इस डायरी को लिखते हुए। कितना कुछ गुज़र गया इस एक वर्ष में! कितनी व्यथा, कितना सन्ताप सहना पड़ा है। एक-एक दिन जीने के लिए सौ-सौ बार मरना पड़ा है, पर सब कुछ व्यर्थ नहीं गया। वह पुरानी कमज़ोर प्रतिमा मर गयी और उसके स्थान पर जन्म लिया है, इस नयी प्रतिमा ने जिसे जीवन से, अपने से, दूसरों से प्यार है, वह जियेगी, कुछ करेगी, उन सबके लिए जिन्होंने उसे नया जीवनदान दिया है, सही अर्थों में जीना सिखाया है।

मुझे जीना है

कुछ दिन पहले सुना, मधुर ने शादी के बीस साल बाद अपने पति को छोड़ दिया है। भाई की शादी पर मैके आयी और लौटने से इनकार कर दिया।

उसके इस निर्णय से चारों ओर जैसे तहलका मच गया। रिश्तेदारों, ससुरालवालों और मित्रों को यक़ीन नहीं हो रहा था कि वह दब्बू-सी लड़की, जिसने कभी किसी के सामने मुँह नहीं खोला था, सदा अपना पतिव्रत धर्म निभाने की पूरी कोशिश की थी, अचानक इतनी उद्दंड कैसे बन गयी? मैके और ससुराल, दोनों में भरे-पूरे परिवार थे। उनकी शान में ऐसा क़दम उठाकर उसने जो गुस्ताख़ी की थी, उससे उन सबकी आत्मा तिलमिला उठी थी। सबने जी खोलकर उसकी आलोचना की थी, बुरा-भला कहा था। किसी ने भी यह जानने की कोशिश नहीं की थी कि आख़िर ऐसी कौन-सी वजह हो सकती है कि इस मोड़ पर आकर वह अपना घर छोड़ने को मजबूर हो गयी? कल तक जिस मधुर के मीठे स्वभाव और शराफ़त के चर्चे थे, वह अचानक ही कलंकिनी कैसे बन गयी?

उसके शुभचिन्तकों का कहना था, जहाँ बीस साल निभा दिये, वहाँ आगे भी चला सकती थी, इस ढलती उम्र में अपनी और अपने परिवार की छीछालेदर कराने से फ़ायदा? आख़िर तो चिन्तामणि पढ़े-लिखे आदमी थे, नौकरी करते थे, उनके घर उसे खाने-पहनने की कमी तो थी नहीं। सच पूछो तो राज कर रही थी। जो मन में आया, किया बच्चे भी तो नहीं थे कि उनकी फ़िक्र करनी पड़ती और चिन्तामणि के मुँह

में तो ज़बान ही नहीं थी। पता नहीं पूरे दिन में एकाध शब्द भी बोलते थे या नहीं। ऐसे में भला मधुर को क्या सूझी जो इस तरह की ओछी हरकत पर उतर आयी?

हर किसी ने उसे समझाने की कोशिश की, औरत की शोभा उसके पति के चरणों में ही है। कहाँ इधर-उधर ठोकरें खाती फिरेगी और जो पति मारपीट नहीं करता, खाने-पहनने को देता है, सन्तान न होने पर भी जिसने तलाक़ लेने की धमकी नहीं दी, उसका अपमान करना सर्वथा अनुचित ही नहीं, बड़ी अशोभनीय बात है। मतलब यह कि जितने मुँह उतनी बातें। लेकिन मधुर ने सबका एक ही उत्तर दिया, चिरन्तन मौन। जिनका जो मन है कहे, कभी तो थकेंगे कह-कहकर।

मैकेवालों ने जब वापस जाने के लिए समझाने की कोशिश की तो उसने कहा था, ''मैं छत से कूदकर जान दे दूँगी पर वापस नहीं जाऊँगी, वहाँ जाकर मुझे पागल नहीं होना।''

इसके बाद उन लोगों ने चुपचाप इस तथ्य को स्वीकार कर लिया था कि मधुर अपने पति को छोड़ आयी है, फिर से पढ़ना चाहती है क्योंकि उसे अपने पैरों पर खड़ा होना है।

मैं और मधुर स्कूल में साथ पढ़ते थे। दसवीं के बाद ही उसकी शादी के चर्चे शुरू हो गये थे। इतना रूप विधाता एक साथ किसी-किसी को ही देता है। लम्बा क़द, सुडौल शरीर, गोरा रंग और तराशे हुए नैन-नक्श। एक बार ड्रामे में पद्‌मिनी का रोल उसे मिला था। सज-धजकर ऐसा रूप निखरा था कि देखने वालों की आँखें चुँधिया गयीं। तब किसने सोचा था, इस पद्‌मिनी को भी जीते-जी जलना पड़ेगा तिल-तिल करके जीवन भर। तीन वर्ष की आयु में ही माँ को खो दिया था मधुर ने। लाड़-प्यार, आलिंगन, चुम्बन अर्थहीन शब्द थे उसके लिए और बने रहे जीवन भर। होश सँभालने के साथ ही वह स्वयं भी माँ बन गयी। पन्द्रह वर्ष में आठ बहन-भाइयों को जन्म दिया था उसकी

सौतेली माँ ने। खाना बनाने और बच्चे पालने में दक्ष हो गयी थी मधुर, पढ़ाई लिखाई तो बस खानापूरी थी, सो कर रही थी। अठारह वर्ष की उम्र में इतना रूप, इतना धैर्य, इतनी समझदारी, कितना भाग्यशाली होगा वह मानव जो इस देवी जैसी कन्या को ब्याहेगा।

फिर एक दिन किसी नज़दीकी रिश्तेदार को बिचौलिया बनाकर वह भाग्यशाली मानव तय कर दिया गया था। ख़ूब खाता-पीता परिवार मिला था मधुर को । लड़के की बहनें और पिता उसे देखते ही उसके रूप और गुणों पर मोहित होकर 'हाँ' कर गये थे। आठ भाई-बहनों के बीच घिरी मधुर उनका घर किस सुचारु रूप से चलायेगी, इसका अनुमान लगाने में उन्हें देर नहीं लगी थी। लड़के ने स्वयं आकर देखने की ज़रूरत नहीं समझी थी। मधुर अपने भावी पति को देखना चाहती है या नहीं, इस बारे में किसी ने उसकी राय नहीं ली थी। पूरे परिवार में यही चर्चा थी कि मधुर के रूप और गुणों के बल पर ऐसा घर और वर मिला है जिसकी कल्पना भी नहीं थी, जीवन भर मौज करेगी, लड़का नाटा, काला और घुन्ना है तो क्या हुआ, पढ़ा-लिखा कमाऊ है, सम्पन्न परिवार का इकलौता बेटा है। फिर लड़कों का रूप नहीं, गुण देखा जाता है। पत्नी के रूप और शील का समन्वय जब पति के गुणों और चतुराई से होता है तो गृहस्थी लहलहा उठती है।

जयमाला पर हम सबने मिलकर मधुर को सजाया था। दमदमाती जरी किनारी और चमचमाते ज़ेवरों में सजी वह दीपशिखा-सी दमक रही थी। छेड़छाड़-हँसी-मज़ाक़ के फव्वारे छूट रहे थे। गाजे-बाजे का स्वर सुनकर हम सब बाहर भागे थे, फिर मालूम नहीं क्या हुआ कि दूल्हे पर नज़र पड़ते ही हम सबका उत्साह ऐसे ठण्डा पड़ गया, जैसे उफनते दूध पर किसी ने शीतल जल के छींटे डाल दिये हों। लग रहा था, जैसे वह शादी करने नहीं, मातम मनाने आया हो। मधुर का दूल्हा सुन्दर नहीं है। यह आभास तो हमें था, पर जो व्यक्ति हमारे सामने सेहरा बाँधे खड़ा था, उसे उस रूपसी मधुर का पति मानने में मुझे कुछ कष्ट-सा महसूस

हो रहा था। उसे देखकर मुँहफट लीला ने कहा था, "यह लड़का कहाँ? यह तो आदमी है।"

अठारह साल की मधुर के लिए अट्ठाईस साल का पति चुनकर किसी ने कोई अपराध तो नहीं किया था। दस साल का फ़र्क़ होना आम बात है पर मैं मन-ही-मन सोच रही थी मधुर की माँ होती तो कभी अपनी फूल-सी बेटी को इस आदमी के सिपुर्द नहीं करती। उसकी दूसरी माँ को अपने आठ बच्चे सँभालने और पिता को उनके लिए रोटी-कपड़ा जुटाने से ही फुर्सत नहीं थी, मधुर के लिए खाता-पीता परिवार और पढ़ा-लिखा लड़का ढूँढ़कर उन्होंने चैन की साँस ली थी।

जयमाला, फेरों, पलँग-किसी भी अवसर पर हम उस व्यक्ति को हँसाने में असफल रहे जो अब मधुर का पति था। चार दिन ससुराल रहकर वापस लौटी तो खुद भी हँसना भूल गयी थी। अभावों में पली मधुर के मुँह पर जिन ज़ेवर और कपड़ों को देखकर खुशी की लहर दौड़ गयी थी, अब अनचाहा बोझ लगने लगे थे। मन ही नहीं होता था उन्हें पहनकर सहेलियों के बीच फुदकने के लिए। बस गुमसुम पत्थर-सी बैठी रहती। माँ भी तो नहीं थी कि अपने दिल का हाल रो-रोकर सुना देती, बोझ हल्का कर लेती। सहेलियों के सामने अपना दुखड़ा रोने में शायद संकोच महसूस हुआ होगा, बहुत पूछने पर भी सिर्फ़ इतना कहकर टाल गयी, "सब ठीक तो है, क्या बताऊँ?"

एक महीने में उसके पति का एक भी पत्र नहीं आया। इस बात पर हमें बड़ा आश्चर्य हुआ था। "कैसी उल्टी बुद्धि का आदमी है जो अपनी चाँद-सी पत्नी को दो लाइनें नहीं लिख सकता।"

"उन्हें चिट्ठी लिखने की आदत नहीं है।"

फिर एक दिन रिश्ते का देवर उसे लिवाने आ गया था। हम सब मिलकर फिर से उसे विदा कराने गये थे। ब्याह से ज़्यादा, वह इस बार फूट-फूट कर रोयी थी, हम भी आँसू पोंछ वापस लौट आये थे। मधुर का रुदन कहीं भीतर तक उतर गया पर उसके हृदय की गहन पीड़ा समझने की न उम्र थी, न बुद्धि। तब कहाँ सोचा था अगली मुलाक़ात होने से पहले एक युग बीत जायेगा।

बी. ए. की पढ़ाई के लिए मैं इलाहाबाद चली गयी। छुट्टियों में घर आयी तो मधुर अपनी ससुराल थी। अपने विवाह पर मैंने उसे निमन्त्रण पत्र भेजा था, उत्तर में उसकी शुभकामनाएँ मिली थीं। स्वयं आना सम्भव नहीं था। फिर अचानक बीस साल बाद मुलाक़ात हुई तो हम दोनों ही बजाय कुछ कहने के एक-दूसरे को टकटकी लगाकर देखते रह गये। मेरे बच्चों को उसने बड़े प्यार से गले लगाया था! "बड़े प्यारे बच्चे हैं और तू भी इतने सालों में बिल्कुल नहीं बदली, वैसी ही है।"

"अरे, तू...तू कैसी है?"

"मैं...मेरे बारे में तो तू ने पहले ही बहुत कुछ सुन लिया होगा?"

"हाँ...पर मैं तेरे मुँह से सुनना चाहती हूँ।" मधुर ठीक कह रही थी। उसके बारे में तो मैंने आते ही बहुत कुछ सुन लिया था। उस छोटे-से शहर में बड़ी-सी चर्चा का विषय थी मधुर। मैके और ससुराल दोनों के मुँह पर कालिख पोत दी थी उसने।

"भला इस उम्र में भले घर की लड़कियाँ पति को छोड़ती हैं?" माँ ने घर में क़दम रखते ही मेरी सहेली की करतूतों का कच्चा चिट्ठा खोलते हुए कहा था।

"ऐसे शरीफ़ आदमी को छोड़ आयी...भला और कहाँ टिकती! ऐसे रूप को लेकर क्या चाटना है।"

"तू भी सोच रही होगी, मैंने कितना ग़लत काम किया है।"

"लेकिन मधुर, आख़िर ऐसा क्या हुआ जो तू अपना घर, अपना पति छोड़ने पर मजबूर हो गयी?"

"हो तो बीस साल पहले ही गया था...मेरी जगह कोई और लड़की होती तो शायद लौटकर वापस नहीं जाती, पर मैं अपने मन की बात किससे कहती? माँ भी तो नहीं थी मेरी, दोनों ओर इतने बड़े परिवार, मान मर्यादा की शिक्षा, दुख-सुख में पति का साथ देने की सीख...जीवन भर ज़हर पीती रही, पर वे ज़ंजीरें तोड़ने की हिम्मत नहीं जुटा पायी.. .पर अब कुछ दिन से लगने लगा था कि यह पिंजरा तोड़ नहीं भागी तो पागल हो जाऊँगी या आत्महत्या कर लूँगी...पर अब दुनिया की बातें सुनती हूँ तो लगता है वही बेहतर होता।"

"दुनिया की बात छोड़, मधुर...तू अपनी कह।"

"कहाँ से शुरू करूँ? सुहागरात को उस आदमी ने मुझे हाथ नहीं लगाया था। जब मैंने अपने ज़ेवर उतारकर रख दिये और एक तरफ़ चुपचाप गठरी बनकर लेट गयी तो पलँग के दूसरे कोने पर बैठे-बैठे उसने कहा था, मुझे इन सब बातों के बारे में कुछ मालूम नहीं है।... तुम जानती हो!"

कॉलेज, यूनिवर्सिटी में पढ़ा हुआ वह अट्ठाईस साल का लड़का, एक छोटे-से शहर में रही अठारह साल की दसवीं पास लड़की से यह सवाल पूछ रहा था...मन हुआ था कि वे ज़ेवर जो उसके माँ-बाप ने मुझे चढ़ाये थे, खींचकर उसके मुँह पर दे मारूँ और भाग जाऊँ सब छोड़-छाड़कर। पर साँस खींचे चुपचाप पड़ी रही...फिर दिल में एक ज्वारभाटा-सा उठा था और मैं फूट-फूटकर रो पड़ी। पता नहीं उसने मेरी सिसकियाँ सुनीं या नहीं। लेकिन थोड़ी देर बाद उसके खर्राटों की आवाज़ ने मेरा कलेजा चाक-चाक कर दिया था।

यह थी मेरी सुहागरात, जिसकी कल्पना के खुमार में डूबी दुल्हन अनजान लोगों के पीछे घूँघट काढ़े स्वेच्छा से चली जाती है। जिस कहानी की शुरुआत ही इतनी भव्य थी, उसका अन्त क्या होगा? आत्महत्या? इसी अन्त से बचने के लिए छोड़ आयी हूँ वह सब, जिसने मुझे अब तक बाँध रखा था। इन बीस सालों में जितनी बार वह घर छोड़ने की इच्छा जागी, उससे चौगुनी बार आत्महत्या करने की...

इसी कशमकश में इतने साल निकल गये। शुरू में उस व्यक्ति को बदलने की तमन्ना भी बड़े ज़ोर से पनपी थी, पूरी ईमानदारी के साथ कोशिश की थी कि उसके मन में अपने लिए कुछ लगाव, कुछ प्यार जगा सकूँ, उसे मित्रों, सम्बन्धियों और दुनियादारी से जोड़ सकूँ पर वह तो जैसे इन्सान नहीं पत्थर था। हर चीज़ से परे। उसका न कोई दोस्त था, न दुश्मन। बन्द कमरे के अँधेरे कोने में उसकी दुनिया सीमित थी, जिसका दरवाज़ा सिर्फ़ खाने के लिए खुलता था। कभी कोई भूले-भटके आ जाता तो ज़्यादा देर बैठ नहीं पाता था। इतनी घुटन थी उस घर में, वहाँ के वातावरण में...

कैसे बीस साल तक इतनी घुटन झेल पायी, ज़िन्दा रही बिना पागल हुए, यही क्या कम आश्चर्य है? मरने से पहले मेरे ससुर ने आँसू बहाते हुए कहा था, ''बहू, हो सके तो मुझे माफ़ कर देना। मैंने तुम्हारे साथ बड़ा अन्याय किया है। इकलौते बेटे का जीवन सुधारने की लालसा ने मुझे ऐसा करने पर मजबूर कर दिया। अपने बेटे का स्वभाव मुझे अच्छी तरह पता था पर मैंने सोचा, तुम जैसी सुन्दर सुघड़ पत्नी पाकर वह बदल जायेगा। इन्सान का मन बड़ा स्वार्थी होता है। वह सिर्फ़ अपनी सोचता है। मैंने भी अपने बेटे की भलाई सोची। तुम पर क्या गुज़री है, मैं ख़ूब जानता हूँ। तुम मुझे माफ़ कर दोगी तो मैं शान्ति से मर सकूँगा।''

इस देश में लड़कियों की बलि कोई नयी बात नहीं है। मैं भी चढ़ा दी गयी एक सम्पन्न परिवार का इकलौता चिराग़ सजाने-सँवारने के लिए। न ही मैं उसे सँवार पायी, न ही उस परिवार को एक वारिस दे पायी जिसे उन्होंने अपना दुर्भाग्य समझकर स्वीकार कर लिया। मेरे दुर्भाग्य, दुख और सन्ताप की बात सोचने की फुर्सत किसे थी? भगवान ने एक सन्तान दी होती तो उसके सहारे ज़िन्दगी काटना आसान हो जाता, पर उसने मेरी झोली में केवल सौन्दर्य डाला था जो मेरे किसी काम नहीं आया।

जिस आदमी के मन में सिवाय अपने खाने-पीने और स्वास्थ्य की चिन्ता के, कभी भूल से भी दूसरे व्यक्ति का ख़याल न आता हो, उसके लिए पत्नी का मूल्य यही था कि वह वक़्त पर खाना परोसती रहे, उस पुराने काठ-कबाड़ की झाड़-पोंछ करती रहे जो दादों-परदादों के ज़माने से चला आया था। उन कपड़ों को इस्त्री करके टाँगती रहे, जो धुल-धुलकर अपना रंग-रूप खो बैठे थे। जिस मनुष्य को नयी और सुन्दर चीज़ों के प्रति कोई आकर्षण न हो, जो रोशनी से ज़्यादा अँधेरे में बैठना पसन्द करता हो, जिसे हँसने बोलने, दोस्ती करने से नफ़रत हो, उसकी ज़िन्दगी और गृहस्थी बाँटना कितना कठिन था, इस बात का अन्दाज़ा कोई नहीं लगा सकता... मेरे अपने भी नहीं... इसलिए शिकवा व्यर्थ है। कोई नहीं जान पायेगा मेरी घुटन, तड़पन... अपना घर छोड़ने की विवशता...

लोगों के लिए वह कम बोलने वाले गम्भीर व्यक्ति थे... अपनी पत्नी से कभी ऊँची आवाज़ में भी नहीं बोले, मारपीट तो बहुत दूर की

बात थी। सच कहती हूँ, कभी-कभी मन होता था उस इन्सान को हिला हिलाकर कहूँ, "तुम आदमी नहीं, पत्थर हो! तुम्हारा बोझ ढोते-ढोते मेरे कन्धे टूट गये हैं, मुझे मुक्ति दो वरना मैं पागल हो जाऊँगी... मुझे मुक्ति दो..."

मुक्ति पाना इतना आसान नहीं था, तभी तो बीस साल निकल गये इस ऊहापोह में कि मुक्ति पाकर जाऊँगी कहाँ? इतने सालों तक पिंजरे में बन्द रही कि उड़ना ही भूल गयी थी, पर जब सहन शक्ति जवाब दे देती है, सब्र का पैमाना लबालब भर जाता है, फिर इन्सान न आगे देखता है, न पीछे...मेरे आगे कुआँ था और पीछे खाई, कब तक कगार पर खड़ी रहती? छलाँग लगानी थी, सो लगा दी...

अब तो बस इस बदनामी और कलंक के अन्धकूप से उबरकर बाहर आना है... कोशिश कर रही हूँ... जितना ही लोग मुझे इस कालिमा में डुबोने की कोशिश करते हैं, उतना ही मेरा संकल्प दृढ़ होता जाता है। अँधेरों से निकलकर उजाले में आने का... आगे बढ़ने का... कुछ करने का... फिर से पढ़ाई शुरू की है ताकि अपने पैरों पर खड़ी हो सकूँ। कुछ करने या मरने का वक़्त आ गया था। मैंने मृत्यु की जगह जीवन अपनाया... समाज के ठेकेदारों से इतना ही कहना है—मुझे खुली हवा में साँस लेने दो, मुझे पंख फैलाकर उड़ने दो... मुझे जीना है...

सती

'पता नहीं मेरे माँ-बाप ने क्या सोचकर मेरा नाम सती रखा था, पर आज मैंने तय कर लिया है, मैं तुम लोगों को अपनी बलि नहीं चढ़ाने दूँगी, जिऊँगी... अपने पैरों पर खड़ी होकर... बिना सहारे की इच्छा के ...मेरा नाम भले ही सती हो, मैं तुम्हें जीते-जी छोड़ जाऊँगी ...अपने जीवन की आहुति देकर तुम्हारे सपने पूरे नहीं होने दूँगी... मैं न आत्महत्या करूँगी, न तुम्हें तलाक़ दूँगी।'

काँपते हाथों से सती ने पत्र अलमारी के उस कोने में डाल दिया जहाँ दफ़्तर से लौटकर राजन सबसे पहले अपना ब्रीफकेस रखता है, वहाँ उसकी गिद्ध-दृष्टि इसे अवश्य देख लेगी... काश, उसके चेहरे के भाव देखने के लिए वह यहाँ मौजूद होती! पर दो साल में राजन और उसके घरवालों को अच्छी तरह जान गयी है... उन्हें गाली-गलौज, मार-पीट करते देर नहीं लगती... फिर नीला बदन और लाल आँखें कहाँ छिपाती फिरेगी... अभी तो पहले के निशान बाक़ी हैं, उन्हें मिटाना क्या आसान होगा? हिम्मत है तो वक़्त रहते निकल जा वरना सचमुच सती होना पड़ेगा माँ-बाप की भविष्यवाणी सच करने के लिए। तारा कॉलेज चली गयी है, बाबूजी को डॉक्टर के पास जाना था इसलिए बेटे के साथ जल्दी निकल गये। माँ जी पूजा पर बैठी हैं, कम-से-कम आधा घण्टे तक भगवान के दरबार में अवश्य गुहार लगायेंगी—इस बाँझ बहू से छुटकारा पाने की। कितनी बार कहा है, 'करमजली मरती भी तो नहीं, जो मेरे बेटे की जान छूटे।' ...कल रात जीवन में पहली बार चोरी भी की थी, राजन के पर्स से चुपचाप सौ रुपये निकाल लिए थे... रात भर दिल धक-धक करता

रहा, कहीं सुबह उठकर गिन लिए— एक-एक पैसे का हिसाब रखता था वह—तो हड्डी पसली एक कर देगा। पर सुबह देर से सोकर उठा था, फिर रास्ते में बाबूजी को छोड़ना था, इसलिए जल्दी में नोट गिनना भूल गया... निकल जा, फिर पता नहीं कब ऐसा मौक़ा हाथ आये। अपनी चौकीदारी में ढील नहीं देते ये लोग, इनकी मंशा तेरे सती होने में पूरी होगी... घर से भाग जाने में नहीं...

सती ने अलमारी के ऊपर रखा बैग उतारकर जल्दी-जल्दी कपड़े भरने शुरू किये, चुनने का वक़्त नहीं था उसके पास, पर कुछ तो ले जाना पड़ेगा–चिथड़े पहनकर नौकरी नहीं ढूँढ़ी जा सकती। एक बार मन हुआ मंगलसूत्र तोड़कर यहीं फेंक जाये। एक यही ज़ेवर तो छोड़ा गया था उसके शरीर पर, अपने पुत्र की मंगल-कामना से...पर नहीं...ज़िन्दा रहने के लिए पैसा चाहिए। सती अपना मंगलसूत्र बेच डालेगी...सुनार की दुकान पर...क्योंकि उसे सती नहीं होना... ज़िन्दा रहना है।

बैग उठाकर पल्लू से मुँह छिपाती हुई चोरों की तरह उस घर से बाहर निकल आयी थी, जहाँ दो साल पहले गाजे-बाजे के साथ अन्दर लिया गया था। सामने खड़े स्कूटर रिक्शा में बैग टिकाकर रुँधे गले से बोली, "भैया, मुझे स्टेशन पहुँचा दो, बड़ा अहसान होगा।" स्कूटरवाले ने चौंककर उसकी तरफ़ देखा, एक बाईस-तेईस साल की साँवली-सलोनी लड़की, जिसकी बड़ी-बड़ी आँखों में ऐसी अधीरता, अनुग्रह और याचना थी कि पत्थर भी पिघल जाये, उससे यह प्रार्थना कर रही थी! "चलो बैठो, यह तो हमारा काम है।" स्टेशन पर सौ का नोट देखकर बोला, "अरे भई, सुबह-सुबह सौ की रेजगारी कहाँ है मेरे पास?"

"कुछ भी करो भैया, जल्दी से पैसे ले लो। मेरी गाड़ी छूट गयी तो मैं कहीं की नहीं रहूँगी।"

"बहुत परेशान लगती हो?" उत्तर में सती की डबडबाई आँखें देखकर स्कूटर एक तरफ़ लगा दिया। "बोलो, कहा जाना है, तुम्हारा टिकट ख़रीद लाता हूँ रेजगारी भी मिल जायेगी।"

रेजगारी भी मिल गयी गाड़ी भी। ट्रेन चल पड़ी तो उसे यक़ीन होने लगा, वह उस नरक से निकल आयी है, जहाँ दो साल तक जलना पड़ा

था–दिन–रात, लगातार, तिल–तिल करके। इन दो सालों में केवल एक बार मायके जाने की आज्ञा मिली थी, कैलाश भैया की शादी पर, इस उम्मीद में कि बेटे का ब्याह कर रहे हैं वर्मा जी, इस वक़्त जेब गर्म होगी। बेटी का क़र्ज़ उतारने का इससे अच्छा अवसर क्या होगा? शादी की कमी पूरी कर दी तो वर्माजी और उनकी बेटी बख्श दिये जायेंगे। पर ऐसा कुछ नहीं हुआ। सती दो साड़ी और राजन के सूट का कपड़ा लेकर वापस लौट आयी थी। सास ने उन्हें फ़र्श पर पटकते हुए कहा था, "कैसे भुखमरों से पाला पड़ा है, ये देकर छुटकारा पा गये। कुछ शर्म–लिहाज होती तो बेटी को एक जड़ाऊ सेट नहीं दे देते! पर ऐसे नकटों से क्या उम्मीद करें जो शादी पर बेईमानी से नहीं चूके। हमीं पागल थे जो इन कंगालों में फँस गये वरना मेरे बेटे को दहेज़ की कमी थी!"

सती बिस्तर में मुँह छिपाकर रो पड़ी। इन लोगों को कैसे समझाये, उसके पिता के पास देने के लिए कुछ भी नहीं है। उनकी ज़िन्दगी–भर की पूँजी थी उनकी नेकनामी, इ़ज़्ज़त, जो उन्होंने एक्साइज जैसे बदनाम महकमे में अपनी ईमानदारी के बल पर कमाई थी। जिस डिपार्टमेंट का चपरासी भी तनख़ा से चौगुना घूस खाता है, वहाँ वर्मा जी सूखी तनख़ा पर गुज़ारा करके सन्तुष्ट थे। उनकी पत्नी को उनका यह साधुवाद भले ही समझ में न आता हो, "पैसा ही सब कुछ नहीं है सती की माँ, हम रात में पैर फैलाकर चैन की नींद सोते हैं, किसी का डर तो नहीं!"

"तुम समझते हो दूसरे नहीं सोते, ख़ूब सोते हैं। सिल्क के कुरते–पाजामे पहनकर, ठण्डे कमरों में...जागती हूँ तो एक मैं...सती की शादी पर रुपया नहीं चाहिए हमें?"

"हम कौन होते हैं कुछ करने वाले? सब ईश्वर–इच्छा, भगवान ने चाहा तो सती को भी लक्ष्मी की तरह भले लोग मिल जायेंगे।"

लक्ष्मी की शादी में वर्मा जी पर बहुत दबाव नहीं पड़ा था, फिर भी रस्मोरिवाज़ तो निभाने ही थे। लक्ष्मी के ससुराल वालों ने कोई 'डिमांड' नहीं रखी थी पर 'डीसेंट मैरिज' की उम्मीद थी उन्हें । फिर वर्मा जी के यहाँ भी पहली शादी थी। जमा–पूँजी प्रोविडेंट फंड निकालना ज़रूरी हो गया, न चाहकर भी चादर से बाहर पैर निकाल बैठे। उसका असर

अब तक बाक़ी था। सती की शादी पर इतनी खींचातानी पड़ गयी कि क़र्ज़ा लेने की नौबत आ गयी और अब कैलाश के विवाह पर तो बस खानापूरी की थी। गनीमत हुई शादी शहर में ही थी वरना बारात ले जाना भारी पड़ जाता। बड़ी मुश्किल से बहू के लिए एक सेट और पाँच साड़ी जुटा पाये थे, फिर सती को कहाँ से दुबारा दहेज़ दे देते। लेकिन बेटी के ससुरालवालों को कभी उनकी आर्थिक परिस्थिति की दयनीयता पर विश्वास नहीं हुआ–'झूठे, मक्कार, सब दबाये बैठे हैं। सारी ज़िन्दगी घूस मारी होगी, वह कहाँ गयी? अरे, नहीं था तो बड़ी बेटी के ब्याह पर कहाँ से निकाल दिया। हमारी बारी आयी तो हाथ झाड़कर खड़े हो गये, भिखारियों की तरह।'

"गरमागरम पकौड़े-समोसे!" एक तीखी आवाज़ ने सती के विचारों की शृंखला तोड़ दी।

"कुछ खाओगी नहीं?" सामनेवाली सीट पर बैठी महिला ने उसे सम्बोधन करके कहा।

"नहीं, भूख नहीं है।"

"एक बजने वाला है, मेरे पास पूरी-आलू हैं, थोड़ा-सा तुम भी खा लो...पानी चाहिए? सुराही नीचे रखी है, ले लेना!"

उसका मन हुआ था उस अजनबी महिला के कन्धे पर सिर रखकर रो दे। कैलाश भैया की शादी के बाद आज पहली बार किसी ने उसकी भूख-प्यास की चिन्ता की थी। जहाँ ताने और मार खाकर पेट भर जाता हो, वहाँ खाने की क्या ज़रूरत थी?

"हमारे राजन को खाने-पीने का बहुत शौक़ है, आपकी बेटी खाना बढ़िया बनाती है न? और घर भी एकदम चमक-दमक। धूल की एक कनी बर्दाश्त नहीं कर सकता।"

"जब से लक्ष्मी गयी है, सती ने सारा घर सँभाल रखा है। इसकी माँ तो अपने ब्लड प्रेशर से ही परेशान रहती है। ज़्यादा कुछ कर नहीं पाती।"

किसने सोचा था इन लोगों को बहू नहीं, खाना बनाने वाली, झाड़-पोंछ करने वाली नौकरानी चाहिए...शायद अगर वह लाखों का दहेज ले

जाती तो उसके साथ ये सब नहीं होता...''लड़की तो हमारी खरा सोना है। आप जानते हैं, मैं रिटायर हो गया हूँ, लेन-देन...''

''कैसी बात करते हैं आप? हमें क्या पता नहीं, आपने बड़ी बेटी की शादी में कितना कुछ दिया है। अरे साहब, लड़की हमें भा गयी, वह हमारी हो गयी। अब आप जो भी देंगे, सिर आँखों पर...''

लज्जा बुआ के बहुत दूर के रिश्तेदार हैं ये लोग, बड़े भाई की चिन्ता मिटाने के विचार से ही बुआ बीच में पड़ी थी। अपने भाई के परिवार की बढ़ा-चढ़ाकर तारीफ़ की थी। भतीजी को हीरे की कनी बताया था। केवल यह बताना ज़रूरी नहीं समझा था कि भाई बहुत ईमानदार रहे। बेईमानी की कमाई घर में नहीं है। शादी बहुत मामूली होगी। उल्टा बड़ी भतीजी की शादी के चर्चे नमक-मिर्च लगाकर सुनाये थे, सामान की लिस्ट में दो-चार चीज़ें अपनी ओर से जोड़ दी थीं, सोने का वज़न बढ़ा दिया था, कैश की गिनती में एकाध बिन्दी लगाने से नहीं चूकी थीं। उन्हें उम्मीद थी, लक्ष्मी की तरह इस बार भी रिश्तेदार, सम्बन्धी, मित्र बढ़िया-बढ़िया तोहफे लायेंगे तो दहेज की रौनक बढ़ जायेगी, सामान भरा-पूरा लगने लगेगा, पिछली बार की तरह मामा हैसियत से बढ़कर भात पहनायेगा, चाचा-ताऊ हाथ बँटा लेंगे, भाई की इज़्ज़त ढँकी रहेगी, भतीजी खाते-पीते घर पहुँच जायेगी। पर ऐसा नहीं हुआ था, सरकारी कुर्सी छिनते ही महकमे और जान-पहचान के लोगों का मित्रता का दावा भी टूट गया था। ना-ना करते भी जो लोग पिछली बार भारी-भरकम तोहफे टिका गये थे, "वर्मा जी, इसे और कुछ मत समझिये, यह तो हमारा आपके लिए आदर भाव और बिटिया के लिए शुभ कामनाएँ हैं''; इस बार आने से भी कतरा गये, 'अब जाओ तो कुछ-न-कुछ ले जाना ही पड़ता है, कौन पड़े इस पचड़े में...' रिश्तेदार ज़रूर आये थे रिश्तेदारी निभाने, पर सात साल में जिस हिसाब से महँगाई बढ़ी, तोहफे उतने ही हल्के हो गये। लल्लू मामा बहुत हाथ-पैर पीटकर नथ और बिछुओं का इन्तज़ाम कर पाये। देख-सुनकर ससुराल वालों के मुँह फूलकर कुप्पा हो गये। भृकुटि तानकर ऐसे गम्भीर हो गये जैसे शादी नहीं, मातम मनाने आये हों। कैश की रक़म पूरी थी, फिर बीच में लज्जा बुआ थी, वरना

शायद कोई बखेड़ा खड़ा कर देते। सती की डोली उठी तो सबने चैन की साँस ली, जीवन पर्यन्त सुख-दुख में साथ निभाने की क़सम खायी थी राजन ने, फिर डर किस बात का था।

ससुराल में सती का स्वागत औरतों के हँसी-मज़ाक़, शोर-गुल और गाने-बजाने से हुआ था पर दूल्हा और उसके बाप की गम्भीर मुद्रा देखकर उनका उत्साह मन्द पड़ गया। सास-ननद समझ गयीं, दाल में कुछ काला है। थोड़ी देर की खुसुर-पुसुर से बात बिजली की तरह सारे घर में दौड़ गयी—लड़कीवालों ने बस थोड़ा-सा कैश देकर टरका दिया है। तारकानाथ जैसे, घाघ का उल्लू पीट दिया। 'चलो, किसी ने तो इन शेखीखोरों को नीचा दिखाया, अपने बराबर किसी को समझते ही नहीं।' बिल्लौर वाली चाची मन-ही-मन मुसकरायी, मेरी चाँद जैसी भतीजी को बिना देखे मना कर दिया था।

"मरों ने बायना भी तो ढंग का नहीं दिया, लोग कहेंगे लड़के की शादी से ख़ाली हाथ हिलाती आयी हैं।" बसन्ती बुआ को पता था भाभी अपनी गाँठ से ख़रीदकर देने वाली नहीं।

सामान देखते ही राजन की माँ ने सिर पीट लिया–"बुरा हो कमबख़्तों का, हमें दिन-दहाड़े लूट लिया! दो टके कमानेवाला मज़दूर भी इससे अच्छा सामान जुटा लेता है अपनी बेटी के लिए। बड़े इनिसिपैक्टर बने फिरते हैं! शर्म नहीं आयी अपनी और हमारी नाक कटाते हुए!" नयी बहू के स्वागत में पढ़ा गया फलसफा सुनकर रिश्तेदार सन्नाटे में आ गये थे, "हमारी मत मारी गयी जो इस कलूटी को बिना दान-दहेज तय करे ले आये।"

"बस करो, जीजी!" छोटी मौसी ने बहन को इस तरह बिफरते देखकर कहा, "जो होना था हो गया, अब इस वक़्त क्लेश करके क्या हाथ आयेगा।"

"क्लेश तो अब ज़िन्दगी भर का है, मन्दा! ये बहू नहीं, मेरे जी का जंजाल बनकर आयी है। लज्जा, तूने हमारी पीठ में छुरा भोंका है, भगवान तुझे कभी माफ़ नहीं करेगा।"

बहू की मुँह-दिखाई करते वक़्त किसी की हिम्मत नहीं हुई थी, यह कह पाता, 'बहू बड़ी प्यारी है। नैन-नक़्श बड़े सुन्दर हैं।' जानते थे एक शब्द कहा तो साँवलें रंग और मैकेवालों की कंजूसी की दास्तान फिर से शुरू हो जायेगी। जब भी किसी ने बहू की हिमायत करने की कोशिश की, ऐसी लताड़ पड़ी कि आधा घण्टे में बिस्तरा-बोरिया बँधता नज़र आया। बायने के टोकरे में लात मारकर सास ने रिश्तेदारों को आवाज़ लगायी "नंगी क्या नहाये और क्या निचोड़े! ये पड़ा है समधीजी का भेजा बायना। जो हिस्से में पड़े, उठा ले जाओ। वर्मा, तेरा बेड़ा गरक हो, ख़ूब छीछालेदर करवाई हमारी!" रिश्तेदार चौबीस घण्टे के अन्दर चलते बने, पर सती कहाँ जाती? जिस सुहागरात की सौन्दर्यमयी कल्पना ही इतनी रोमांचकारी होती है कि एक लड़की स्वेच्छा से अपना घर, अपने सगे-सम्बन्धियों को छोड़कर अनजान लोगों के पीछे चली आती है, सती के लिए क़त्ल की रात बन गयी। थर-थर काँप रही थी, उस घायल कबूतरी की तरह जिसके पर नोच दिये गये हों और शिकारी सय्याद सामने खड़ा हो। पता नहीं बाँहों में समेटकर ज़ख़्मों पर मरहम लगा देगा या एक ही बार में टुकड़े-टुकड़े कर डालेगा। सती की क़िस्मत में टुकड़े होना ही लिखा था, तभी तो पति ने उसकी लाल आँखों पर व्यंग्य कसते हुए कहा था, "घरवालों की बहुत याद आ रही है जो इतने टसुये बहा रही हो! पता है तुम्हारे बाप ने हमारे साथ जो किया है उससे हमारी कितनी बदनामी हुई है। माँ चाहे जो भी कहे, चुपचाप सुनती रहना, एक शब्द मुँह से निकला तो बाहर सड़क पर खड़ा कर देगी। बहुत गुस्से में हैं।"

इकलौता बेटा था राजन। माँ-बाप के प्रति अपना कर्तव्य पूरा कर रहा था। उनकी हाँ-में-हाँ मिलाकर, इस अनजान लड़की के प्रति, जिसे भाग्य ने उसकी पत्नी बना दिया था, उसका कोई फ़र्ज़ बनता था, इस बात की लेशमात्र चिन्ता किये बिना उसने साफ़-साफ़ दो-टूक शब्दों में सती को समझा दिया था कि उसे क्या करना है। नयी बहू का कर्तव्य है सास-ससुर की सेवा और पति की भूख शान्त करना-चाहे वह पेट की हो या शरीर की...सती को लगा था लपटों में समा गयी है पूरी की

पूरी–शरीर और आत्मा सहित। पूरे साल तक उसे इस उम्मीद में मैके नहीं भेजा गया था कि घबराकर वर्मा जी, कैसे भी हो, थोड़ा-बहुत माल निकालकर देंगे पर जहाँ अपना गुज़ारा ही मुश्किल हो वहाँ न बाप दे सकता था, न बेटी माँग सकती थी। भाई की शादी पर भी बड़ी मुश्किल से भेजा था। बेचारे कैलाश को क्या कुछ नहीं सुनना पड़ा, फिर भी राजन और उसके पिता ने शादी में शामिल होने से साफ़ इनकार कर दिया, "ले जाओ अपनी बहन को और पहुँचा भी जाना। हमारा ऐसे लोगों से कोई वास्ता नहीं जिन्होंने भरी बिरादरी में हमारी नाक कटवा दी!" मैके पहुँचकर सती माँ से मिलकर फूट-फूटकर रो पड़ी थी पर एक साल में उसे जिस दारुण व्यथा से गुज़रना पड़ा था, उसे माँ-बाप के सामने दोहराने का साहस नहीं जुटा पायी थी। इन ग़रीबों की छोटी-छोटी खुशियाँ बर्बाद करने से फ़ायदा? कुछ भी तो नहीं कर पायेंगे ये लोग सिवाय उसके साथ आँसू बहाने के। सती ने हिम्मत करके अपने होंठ सी लिए, आँसू पी लिए ताकि इकलौते भाई का ब्याह सुख-शान्ति से हो जाये। दामाद क्यों नहीं आये, इस बात को लेकर उठी चर्चा ने ज़्यादा तूल नहीं पकड़ा। सभी जानते थे शादी पर दहेज की कमी अभी तक उनकी नाराज़गी का कारण बनी हुई है। सती के सूखे होंठ, कान्तिहीन चेहरा और पथराई हुई आँखों का ठहराव देखकर लल्लू मामा ने, जो घर भर में अपने विनोदी स्वभाव के लिए प्रसिद्ध थे, पूछा था–"क्यों री लड़की, तुझे ससुराल में खाना नहीं मिलता जो सूखकर काँटा हो रही है!" फिर जैसे खुद ही अपने मज़ाक़ पर शरमा गये थे। "नोट गिनते-गिनते लोग रोटियाँ भी गिनने लगते हैं। लगता है तेरी ससुरालवाले भी उन्हीं में से हैं।" उसका मन हुआ था मामा की छाती में मुँह छिपाकर रो दे, लेकिन अपने पर क़ाबू पाना सीख चुकी थी अब तक। एक सूखी हँसी में बात पी गयी, "नहीं मामा, खाने को तो बहुत है, मुझे ही नहीं लगता।"

मैके में पन्द्रह दिन पलक मारते बीत गये। वापस जाने की बात उठी तो कलेजा फटने लगा था। मन हुआ चिल्ला-चिल्लाकर कहे–'मत भेजो मुझे उन कसाइयों की बस्ती में। अब ज़िन्दा नहीं रह पाऊँगी उन अमानुषों के बीच।' पर कह नहीं पायी थी, चुपचाप सामान बाँध लिया। बलि का

बक़रा भी हाथ-पैर मारता है, पर इन्सानों को इतना हक़ नहीं...समझदार होते हैं न...दुख-सुख समान भाव से सहने की हिम्मत जुटानी पड़ती है। ''तेरी सास को भायेगी तो नहीं पर बढ़िया लाऊँ कहाँ से...जैसी आयी, दे रही हूँ। यह है राजन के सूट का कपड़ा। पता नहीं उन्हें पसन्द आयेगा या नहीं।'' माँ ने दो साड़ियाँ और सूट का कपड़ा उसकी गोदी में रखा तो अपनी रुलाई नहीं रोक पायी थी । ''सब लोग हमसे कितने नाराज़ हैं, ये तो जानते हैं हम...पर तुझसे ठीक-ठीक रहते हैं न?''

किस मुँह से बताती, उस घर में उसकी दशा उस बन्दी मैना की तरह है जो न पिंजरा तोड़कर उड़ पाती है न मर पाती है। रोटी-कपड़े पर काम करने वाली नौकरानी से ज़्यादा हैसियत नहीं थी उसकी। पर नौकरानी पैर दबाने, मालिश करने से इनकार कर सकती है, लोगों के बुरे व्यवहार पर आवाज़ उठा सकती है, उसे यह अधिकार भी नहीं था। ब्याह कर लायी गयी थी, बहू की गरिमा निभाना उसका कर्तव्य था। माँ के दिये कपड़े और मिठाई का डिब्बा सास के सामने लाकर रखा तो दूर से देखकर ही उनकी आँखों से चिनगारियाँ बरसने लगी थीं, मुफ़्त का माल बटोरने की अन्तिम आस जो टूटी थी। साड़ियाँ और डिब्बा उठाकर दे मारा था ज़मीन पर-''ले जा उठाकर, उन्हीं कंगालों को दे देना, यहाँ कोई भूखा नहीं बैठा है इन चिथड़ों का! कमीनों को ज़रा भी शर्म-लिहाज होती तो एक जड़ाऊ सेट नहीं दे देते। शादी में बहुतेरा माल बटोरा होगा...सब दबा गये निर्लज्ज...'' ससुर ने उसे जलती हुई आँखों से घूरा था। उस रात राजन की पशुता वहशीपन में बदल गयी थी। लगा था चूर-चूर देह लेकर फिर से उठ नहीं पायेगी...पर उठना पड़ा था सुबह पाँच बजे के अलार्म पर, नहा-धोकर सेवारत होने के लिए। सास का हुक्म जो था, जाड़े हों या गर्मी, बिना नहाये रसोई में घुसना निषिद्ध था। "ख़बरदार जो रात में बुरे काम करके बिना नहाये, हमारी रसोई में घुसी, हमें पाप नहीं बटोरना है।'' उनकी निगाहों में प्यार भले ही पाप हो, पर सती बाँहें फैलाकर बटोर लेती। उसकी प्यासी, निढाल आत्मा फिर से जी उठती यदि प्यार के दो कण भी उसकी झोली में आ गिरते। पर इस

घर के लोग तो जैसे जीवित पाषाण थे। चोट पहुँचाना उनका धर्म था। उसे चुपचाप सह जाना उसकी नियति।

विवाह के बाद बीते दो साल जैसे दो युग थे–केवल सती के लिए ही नहीं, उसकी ससुरालवालों के लिए भी। बर्दाश्त का पैमाना लबालब भर चुका था। वह जान गये इन तिलों से कोई तेल निचोड़ना असम्भव है। सारे वार ख़ाली गये थे–गुस्सा, गाली-गलौज, मार-पीट, बहू को मैके भेजने से साफ़ मनाही, शादी में शामिल होने से इनकार। सबका एक ही तो प्रत्युत्तर मिला था–शाश्वत मौन। एक ऐसी चुप्पी जिसे लाख़ कोशिश करके भी तोड़ न पाये थे। खूँखार भूखे-भेड़िये जैसे बौखला रहे थे कि कब दाँव लगे और इस मेमनी को धर-दबोचें। इस अभागी बाँझ से जान छुड़ाने का एक यही उपाय बचा था...दुखों से घबराकर आत्महत्या करने वाली ये नहीं है। शर्म होती तो कर न लेती अब तक? अचानक मारपीट, गालियाँ बन्द हो गयी थीं। दहेज की बलिवेदी पर चढ़ाने के पहले वातावरण सामान्य करना ज़रूरी था–कहीं पड़ोसियों के सामने कुछ ऐसा-वैसा कह दिया तो लेने के देने पड़ जायेंगे। दो साल में पहली बार प्रतारणा और अपमान की बौछारों में कमी हुई तो सती चौंक उठी थी। पाषाण पिघल सकते हैं? मृत्यु जीवन में बदल सकती है? शान्ति की साँस लेने से पहले ही जान गयी थी—भयंकर तूफ़ान आने से पहले का सन्नाटा है यह...सास-ससुर, पति की गुप-चुप बातचीत, 'ठण्डे व्यवहार और ननद की आँखों में उतर आये डर और दया के मिश्रित भाव ने उसे समझा दिया था–कुछ ऐसा घटने वाला है जो सबको हिलाकर रख देगा। शिकारी जैसी सावधानी बरत रहे थे ये लोग, तो वह भी हिरनी जैसी चौकन्नी हो उठी थी...सब कुछ तो कर चुके हैं, अब क्या बाक़ी है? मेरी जान? सोचकर रोंगटे खड़े हो गये थे, नींद उड़ गयी थी...और तभी राजन को चुपचाप उठकर जाते देखा था। थोड़ी देर साँस खींचे पड़ी रही पर जब वह नहीं लौटा तो दबे पाँव दरवाज़ा खोलकर बाहर चौक में निकल आयी थी...सास-ससुर के कमरे की बत्ती जल रही थी, दरवाज़ा थोड़ा-सा खुला था, सारा साहस बटोरकर दरवाज़े के पास जा खड़ी हुई

तो लगा था कलेजा मुँह से निकलकर कमरे में जा गिरेगा। दाँत भींच लिए थे कसकर।

"यह इस तरह मरने वाली नहीं, राजन। ग़ैरत होती तो कब का ज़हर खा लिया होता। हम सब को मारकर मरेगी।" सास का स्वर सुनाई दिया, "अब तो हमें ही कुछ करना पड़ेगा।"

"मुझे तो इसकी सूरत से नफ़रत है...जी चाहता है चुटिया पकड़कर बाहर फेंक दूँ।"

"फिर दस साल तक कोर्ट-कचहरी करते रहना!" कानूनी नुक्ता निकालते हुए बाप ने कहा, "जब तक तलाक़ नहीं मिलेगा, दूसरी शादी नहीं कर सकते। मिल भी गया तो आधी तनख़्वा ये रखवा लेगी...खाओगे क्या और बचाओगे क्या?"

"स्टोव फटने से रोज़ मरती हैं औरतें, ये मर जायेगी तो दुनिया ख़ाली नहीं हो जायेगी!"

"पर माँ, बहुत ख़तरे वाला काम है। किसी को शक हो गया या बच गयी तो फिर हमारी ख़ैर नहीं..."

"बच कैसे जायेगी...बड़ा टीन भर के मिट्टी का तेल मँगा लिया है।"

इसके आगे सुनने की हिम्मत नहीं थी। सती के सीने में जैसे धौंकनी चल रही थी। थर-थर काँपती हुई वापस आकर धाँय से बिस्तर में गिर गयी... सामने मौत मुँह बाये खड़ी थी—क्या करे? कहाँ जाये? सुबह उसके पैरों ने रसोई की ओर जाने से साफ़ इनकार कर दिया तो पहले की तरह तहलका नहीं मचा था। "जब देखो तबीयत ख़राब, इतना नखरा था तो मैके से दो-चार नौकर ले आती, कामचोर कहीं की!" उल्टा ननद एक कप चाय पकड़ा गयी थी। राजन के कुछ 'गोली-वोली चाहिए' पूछने पर ऊपर से नीचे तक थरथरा उठी थी—'कहीं ज़हर दे दिया तो?' नहीं, ज़हर नहीं देंगे—पकड़े जाने का डर है उसमें...जलकर तो लोग रोज़ मरते हैं। ख़ास तौर से बहुएँ नया सिलेण्डर क्यों नहीं मँगाया गया, यह बात समझ में आ गयी थी...खाना बनाने गयी तो स्टोव जलाना ही पड़ेगा...नहीं...नहीं...मरना ही है तो जलकर नहीं मरूँगी दूसरों के हाथों

नहीं मरूँगी यह जीवन मेरा है, इसे ख़त्म करने का हक मैं किसी और को नहीं दूँगी, कम-से-कम इन नरपिशाचों को बिल्कुल नहीं...। जिस पति ने दो साल में उसके हाथ पर कभी पाँच रुपये भी नहीं रखे थे, उसके सौ रुपये चुराने में उसकी आत्मा तिलमिला उठी थी। पर इसके सिवाय चारा भी क्या था? जीना है तो झूठ बोलना होगा, चोरी करनी होगी, इस कारागार से निकलकर भागना होगा।

"कहाँ उतरोगी?" सामने वाली महिला ने फिर बात करने की कोशिश में पूछा।

"लखनऊ।"

"फिर तो बहुत सफ़र बाक़ी है।"

"हाँ," सती ने एक लम्बी साँस खींचकर कहा और आँखों पर हाथ रखकर लेट गयी, "अभी तो बहुत सफ़र बाक़ी है।"

चाँद-सितारा

बुलन्दशहर से आयी बारात बिना जयमाला, फेरों और विदाई की रस्म पूरी किये, सजी-सजाई लड़कियों को छोड़कर ख़ाली हाथ वापस चली गयी। इससे बड़ा अजूबा शहर ग़ाज़ियाबाद में ना पहले कभी हुआ था, ना आगे होने की उम्मीद थी, बस हर गली-हर कूचे एक ही चर्चा थी, यह अनहोनी हो कैसे गयी? चन्दा और तारा की बारात लौटीं जैसे भूचाल आ गया, अब इस बवण्डर से सक्सेना जी कैसे उबरेंगे और बेचारी लड़कियों का क्या होगा, यह तो भविष्य, भाग्य और भगवान ही बतायेंगे।

रिश्तों की कड़ी भी किसी ऐसे-वैसे ने नहीं जोड़ी थी, ज्ञानेश्वरी बुआ, जिन्हें सब प्यार और आदर से ज्ञाना बुआ कहते थे, बड़ी मनुहार और मशक्कत के बाद बीच में पड़ी थीं। उन्होंने अपने जीवन में सैकड़ों शादी-ब्याह करवाये थे, घर-गृहस्थी से ज़्यादा इस काम में मन लगता था, क्योंकि जब सुबह नौ बजे पति ऑफ़िस चले जाते, कामवाली रामरती दो घण्टे में सारा काम निपटा कर दूसरे घरों की ओर भागती तो ज्ञानेश्वरी बुआ सोच में पड़ जातीं अब पूरे दिन करेंगी क्या? बीस वर्ष पहले बुआ जी का विवाह अशोक भटनागर के साथ बड़ी धूमधाम से सम्पन्न हुआ था। तीन भाइयों की इकलौती बहन, माता-पिता की लाड़ली बेटी ने बड़े अच्छे नम्बरों से दसवीं पास की थी। देखने में भी ठीक-ठाक थी, दान-दहेज बढ़िया मिलेगा, वो सोने पे सुहागा। रिश्तों की बौछार में अशोक जी के परिवार, पर्सनालिटी और परिपक्वता ने बाज़ी मार ली। अच्छा घर और वर एक साथ बड़ी मुश्किल से मिलते

हैं, पढ़े-लिखे सभ्य लोग, अपना मकान, लड़का एम.ए. के बाद आई.ए. एस. की तैयारी कर रहा है, इससे बढ़िया परिचय क्या हो सकता था, चट मँगनी पट ब्याह।

ज्ञानेश्वरी और अशोक जी ने जीवनपर्यन्त एक-दूसरे का साथ निभाने की क़समें बड़ी आशा, विश्वास और प्यार से खा लीं और घर-गृहस्थी की चौपड़ बिछा ली। बीस साल कैसे निकल गये, पता ही नहीं चला, पति-पत्नी दोनों ने अपनी भूमिका पूरी ईमानदारी, लगन और समझदारी से निबाही, इसीलिए अशोक जी का कलेक्टर और ज्ञानेश्वरी का माँ न बन पाना, पारिवारिक ताने-बाने को हिलाने में असमर्थ रहे। जीवन साथी का अर्थ है कुछ भी हो जाये, हम साथ-साथ हैं। अशोक जी के लिए नौकरियों की कमी नहीं थी, जो मिला उसमें ख़ुश थे, तो उनकी धर्मपत्नी ने भी सर्वधर्म अपनाकर अपने काम स्नेह, उम्मीदों का दायरा विस्तृत कर लिया। अपनों के लिए तो सभी करते हैं, कोई ऐसा भी तो हो जो दूसरों के लिए कुछ करे, सो उन्होंने समाजसेवा की ठान ली। रिश्ते तय करवाना इसी दिशा में एक क़दम था। 'हींग लगे ना फिटकरी, रंग चोखा-ही-चोखा'। बस दो परिवारों को मिलवा दो, किसी बात की गारंटी मत लो। उन्हें ठोक-ठोक कर समझा दो, आगे की छानबीन ख़ुद करें, लेन-देन के बीच वो हरगिज़ नहीं पड़ेंगी। हाँ सब कुछ अच्छी तरह हो जाये तो विवाह में शामिल होकर हृदय से आशीर्वाद देने में उन्हें असीम प्रसन्नता अवश्य प्राप्त होगी।

सौभाग्यवश उन्होंने जो भी रिश्ते तय कराये, ज़्यादातर प्रशंसा ही मिली। दो परिवारों का परिचय कराने से पहले ज्ञानेश्वरी अपना होमवर्क अच्छी तरह करने में विश्वास रखती थीं। वो जानती थीं कुछ भी ऊँच-नीच हो गयी तो ग़लती किसी की भीं हो, लोग सारा दोष कराने वाले के सिर मढ़ने में देर नहीं लगाते। वैसे भी ज्ञाना बुआ किसी लालच में यह काम नहीं कर रही थीं, उनका एकमात्र उद्देश्य था अपने समय का सदुपयोग और समाजसेवा। इस बीच कुछ यशलाभ हो जाये तो क्या बुरा है। उनके इस शुभकार्य में भटनागर साहब ने भी पूरा सहयोग

दिया, ना रोका, ना टोका, जहाँ तक हो पाता वो अपनी श्रीमती जी के साथ। हर शादी-विवाह, हर उस कार्य में शामिल होते जो उन्होंने बड़ी मेहनत-लगन से तय कराया था, बिना किसी स्वार्थ या लाभ की लालसा के वशीभूत होकर।

ग़ाज़ियाबाद वाले हरकिशन ताऊजी नज़दीकी रिश्तेदार थे। उनके सबसे छोटे बेटे की शादी का निमन्त्रण पत्र आया, तो ज्ञानेश्वरी बुआ प्रसन्न हो गयीं, चलो इस बहाने रोज़ की रुटीन ज़िन्दगी से कुछ दिन के लिए छुटकारा मिलेगा और दूर-पास के रिश्तेदारों से लम्बे अरसे के बाद मिलना भी हो जायेगा। अगले दिन से ही जाने की तैयारी में जुट गयी। कम-से-कम एक हफ़्ता तो ज़रूर रहेंगी, जब ताऊ और ताईजी इतने प्यार से बुला रहे हैं, तो बेटी और दामाद का फ़र्ज़ निभाना ही पड़ेगा, लेकिन भटनागर साहब की छुट्टी आड़े आ गयीं, आख़िर तय हुआ ज्ञाना बुआ एक हफ़्ते पहले जायेंगी और उनके पति शादी से एक दिन पहले पहुँचकर मण्डप के नीचे अपना नेग वसूल कर लेंगे, यह शादी ज्ञानेश्वरी बुआ और सक्सेना परिवार के लिए मील का पत्थर बन गयी।

विजय सक्सेना ताऊजी के पड़ोसी ही नहीं अच्छे मित्र भी थे। इस लिए आना-जाना लगा रहता था। इस समय उनके लिए सबसे बड़ी चिन्ता का विषय था, एक साल बाद सरकारी सेवा से छुट्टी और उसके पहले दोनों नहीं तो कम-से-कम बड़ी बेटी तारा का विवाह, लेकिन जी-जान से कोशिश के बावजूद अब तक यह काम कर नहीं पाये। कहीं घर अच्छा तो लड़का बेकार, कहीं वर ठीक-ठाक तो घर की हालत खस्ता। जिन बेटियों को इतने लाड़-प्यार से बड़ा किया, पढ़ाया-लिखाया, उनके सुनहरे भविष्य के सपने देखे, ऐसे कैसे ढकेल देते लेकिन रिटायरमेंट की बेचैनी ने उनकी नींद उड़ा दी थी। सरकारी कुर्सी गयी तो सारी सुविधाएँ गयीं। इस कुर्सी का करिश्मा आसमान की ऊँचाई तक ले जाता है लेकिन अन्त में पद और कुर्सी के छिनते ही ना कोई दोस्त, ना रिश्तेदार, ना ऊपर की आमदनी, ना जन्मदिन और त्योहारों के तोहफ़े, जो सरकारी सुविधाएँ सालों जीवन का अभिन्न भाग बनी रहीं, एक दिन

अचानक ग़ायब हो जाती हैं और सरकारी सेवक हाथ मलता रह जाता है। ऐसी परिस्थिति आने से पहले सक्सेना जी अपने जीवन का सबसे महत्त्वपूर्ण कार्य सम्पन्न करने के लिए बेचैन थे। ताऊजी ने उन्हें समझाया, आश्वासन दिया, "अरे भई, तुम्हे बेवजह चिन्ता करने की बीमारी लग गयी है, चन्दा और तारा जैसी सुन्दर, सुघड़ लड़कियों के लिए रिश्तों की क्या कमी, बस एक बार ज्ञानेश्वरी यहाँ पहुँची और तुम्हारा काम हुआ। इस शादी से निबटते ही हम तुम्हारे काम में लग जायेंगे। बिट्टू की शादी के बाद फुर्सत-ही-फुर्सत है।"

सक्सेना और उनकी पत्नी को लगा ज्ञाना बुआ नहीं, साक्षात दुर्गा माँ प्रकट हो रही है उनकी समस्या का समाधान ढूँढ़ने के लिए। चौबीसों घण्टे ताऊजी की मदद के लिए हाज़िर रहने लगे, "पड़ोसी हो तो ऐसा, मित्र हो तो ऐसा" के उदाहरण बन गये। सब लोग इस बात से बेहद खुश थे कि बुआ शादी से एक हफ्ते पहले आ रही हैं, तारा-चन्दा से परिचय और पारिवारिक परीक्षण के लिए कुछ समय मिल जायेगा। लड़कियों को समझा दिया गया, बुआ जी को इंप्रेस करने का कोई मौक़ा ना छोड़ें। हर दिन सज-सँवर कर ताऊजी के यहाँ हाज़िरी लगायें, काम-काज में सलीके से हाथ बटायें, हा हा-ही ही के बजाय सौम्य-सहज तरीक़े से मुस्करायें।

माता-पिता की खुशी और स्वयं अपना भविष्य सँवारने की इच्छा और आशा के वशीभूत लड़कियों ने भी पूरा सहयोग देने की ठान ली। आख़िर एक दिन शादी तो करनी है। बचपन से सुनती आयी थीं दोनों बेटियों के हाथ पीले कर गंगा नहाने का सपना रिटायरमेंट के पहले पूरा हो जाये तो उन्हें जीवन की सबसे बड़ी तीर्थ यात्रा का आनन्द मिल जायेगा। इसके लिए अगर ताईजी और ज्ञाना बुआ की सेवा और चापलूसी करनी पड़े तो ज़रूर करेंगी। वैसे भी उन्हें बचपन से बड़ों का मान-सम्मान करना सिखाया गया था। पढ़ी-लिखी, सुन्दर, व्यवहार-कुशल चन्दा-तारा को ज्ञानेश्वरी बुआ का मन जीतने में ज़्यादा समय नहीं लगा। उनकी अनुभवी आँखों ने भाँप लिया लड़कियाँ संस्कारी हैं, उनका व्यवहार, नम्रता केवल

दिखावा नहीं है। बी.ए.-एम.ए. की डिग्री ज़ेब में होने के बावजूद सभ्यता और सरलता की डोर थामे, हर किसी से प्यार से मिलना-जुलना, दूसरे के मेहमानों के आगे-पीछे दौड़ना, उनकी ज़रूरतों का ध्यान रखना सबके बस की बात नहीं है। बच्चियाँ सचमुच खरा सोना हैं। घर लौटते ही उस जौहरी की तलाश में जुट जायेंगी, जो इन नगीनों का मूल्य आँक सके। ताईजी ने दहेज में आयी साड़ियाँ उनके सामने फैलाकर कहा, ''सबसे पहले तुम पसन्द करो और उठा लो।'' आख़िरी दिन सक्सेना परिवार भी एक डिब्बा मिठाई और लड़कियों के बनाये पैचवर्क से सुसज्जित बेड कवर लेकर हाज़िर हो गये, ''प्लीज़ मना मत करना, बड़े प्यार से लाये हैं, इसे देखकर आपको हमारी याद आयेगी।''

''अरे भाई साहब, आपकी इन प्यारी-प्यारी बेटियों को कोई भूल सकता है, मेरा अपना बेटा होता तो मैं ही ले जाती, भगवान ने चाहा तो जल्दी ही संयोग बन जायेगा।''

''आपके मुँह में घी-शक्कर दीदी।''

दीदी ने वापस आते ही नये-पुराने सारे रजिस्टर खोल डाले पर बात नहीं बनी, फिर अचानक अशोक जी के बॉस के बेटे की सगाई पर चौरसिया परिवार से क्या मिले, मुँह माँगी मुराद मिल गयी। पढ़ा-लिखा छोटा-सा परिवार और बड़ा-सा कारोबार। बीस साल पहले पिता रमेश ने कपड़ों का जो छोटा-सा काम शुरू किया था उसे दोनों होनहार बेटे दिनेश और दीपक दिन दूना-रात चौगुना बढ़ा रहे थे। पिताजी के तजुर्बे और अनुशासन में हर गुर दुकान कम ऑफ़िस की कुर्सी पर ही मिल गया तो एम.बी.ए. करने में समय क्यों नष्ट करते। सीधे कर्म भूमि के अखाड़े में कूद पड़े। अब बस तलाश थी ऐसी सुघड़, सुन्दर, सुशील कन्याओं की जो इन योग्य समर्थ, धनवान वरों का जीवन खुशियों से भर दें। सास-ससुर की जी-जान से सेवा करें। घर-गृहस्थी सँभालें और उनके सूने आँगन को बालकों की किलकारियों से गुंजायमान कर दे। माता मीरा चौरसिया ने पुत्र प्रेम से प्रेरित होकर बेटों की तारीफ़ों के ऐसे पुल बाँधे, अपने आर्थिक ऐश्वर्य की ऐसी तस्वीर प्रस्तुत की कि ज्ञाना

बुआ बाग-बाग हो गयीं। निश्चय कर लिया चाहे जो भी करना पड़े इस राम-लक्ष्मण की जोड़ी का सीता-उर्मिला से मिलाप करवाकर ही चैन की साँस लेंगी।

अगले दिन से ही बिचौलिया का काम शुरू हो गया। चन्दा-तारा के रूप, गुण, व्यवहार, शिक्षा, संस्कार हर विषय पर ऐसी रोशनी डाली, चौरसिया परिवार चकाचौंध हो गया। सक्सेना जी को हिदायत दी गयी कि अपने शहर के सर्वश्रेष्ठ फ़ोटोग्राफ़र और प्रसिद्ध पण्डित से बढ़िया फ़ोटो और सर्वगुण सम्पन्न जन्मपत्री बनवा कर तुरन्त रवाना करें ताकि अगले गम्भीर विषय पर विचार-विमर्श किया जा सके। ज्ञानवती बुआ ने शुरू से ही दोनों बहनों के लिए बात की थी। उनका तर्क था सगे भाई-बहनों में गहन प्यार होता है, वो शादी के बाद एक-दूसरे को लूटने की नहीं सोचते, मकान, ज़मीन, ज़ेवरात के चक्कर में महाभारत नहीं रचते, माता-पिता से एक-दूसरे की रात-दिन चुग़ली नहीं करते ख़ासतौर से सगी बहनें। आम बहुओं की तरह ना वे आपस में स्पर्धा करती हैं, ना लड़ाई-झगड़ा, सास-ससुर की ख़ुशामद और सेवा किसने ज़्यादा की, किसने कम, इसे तर्क का विषय नहीं बनातीं। किसकी साड़ी ज़्यादा क़ीमती थी और सेट का वज़न भारी इसे लेकर ईर्ष्या से जलती नहीं, बल्कि हर चीज़ शेयर करने में विश्वास रखती हैं। इसलिए यदि घर की शान्ति और भाइयों का प्यार बरकरार रखना है तो दो सगे भाई और दो सगी बहनों से बेहतर योजना हो नहीं सकती। बड़े स्पष्ट शब्दों में दो टूक बात कह दी। रिश्ता पक्का होगा तो दोनों का बड़े का बड़ी से, छोटे का छोटी से फ़ोटो और जन्मपत्री भेज रहे हैं आगे जैसी आपकी इच्छा। दोनों बालिकाओं के चित्र इतने सुन्दर कि किसी का भी मन लुभा लें और जन्मपत्री छत्तीस गुणों से भरपूर, पूर्णतया दोषरहित। फिर ना-नुकुर का प्रश्न ही कहाँ उठता। ज्ञाना बुआ की आज्ञानुसार शहर के बेस्ट फ़ोटोग्राफ़र और सर्वाधिक चतुर पण्डित, जो हर किसी के साथ मैच होने वाली जन्मकुण्डली बनाने में माहिर थे मोटी रक़म देकर सेवारत किये गये थे। कहते हैं मेहनत का फल मीठा होता है। दीदी ने 'मुँह में घी शक्कर' का ऐसा मिश्रण तैयार किया कि चौरसिया तथा सक्सेना परिवार

एक-दूसरे से मिलने के लिए बेचैन हो उठे। बुआ जी ने सोच-विचार के पश्चात राय दी, पहले घर के बड़े लोग मिलें, देखें-परखें, लड़कियों के संस्कार-गुणों का जायज़ा लें। जब उन्हें सौ फ़ीसदी तसल्ली हो जाये तभी बच्चों को मिलवायें। तारीख़ पक्की होने पर वह ख़ुद भी ताऊजी के यहाँ पहुँच जायेंगी। एक बार उनकी देखरेख में परिचय सुचारु रूप से हो जाये, बाक़ी बातें दोनों पक्ष स्वयं तय करेंगे।

सक्सेना परिवार ने मेहमानों की ख़ातिरदारी में ऐसा रंगारंग कार्यक्रम प्रस्तुत किया वे रोमांचित हो उठे। उच्चकोटि का नाश्ता, चाय, खाना-पीना, ठहरने की व्यवस्था और इन सबसे ऊपर नम्रता, सभ्यता और शालीनता में सराबोर व्यवहार, बोलचाल। रात का भोजन सक्सेना जी के घर था, ठहरने की व्यवस्था ताऊजी के यहाँ थी, ताकि डिनर के पश्चात सोच-विचार के लिए समय मिल जाये और अगले दिन वापस जाने से पहले चौरसिया दम्पती अपना निर्णय ज्ञानेश्वरी जी को बता पाये। ठीक आठ बजे ताऊ जी परिवार सहित, बाहर से आये मेहमानों को लेकर सक्सेना भवन पहुँच गये, जिसे दीपावली की तरह सजाया-सँवारा गया था। ड्राइंगरूम का हर कोना शोपीसों से सुसज्जित था। छत के बीच टँगी झूमर आठ-दस बल्बों की रोशनी में ऐसे दमदमा रही थी कि डाइनिंग टेबिल पर करीने से सजे बर्तन जगमग चाँदी जैसे चमक रहे थे।

जहाँ तक भोजन व्यवस्था का प्रश्न था सुबह दस बजे से लेकर शाम सात बजे तक शहर के दो प्रसिद्ध महराजों ने ख़ास व्यंजन तैयार किये थे, जिनकी मीठी-सोंधी सुगन्ध से बड़े-बड़े उपवासी ऋषि-मुनियों की तपस्या भंग हो जाये। दही-बड़े ऐसे कि चार-छः खा लो और पता ही ना चले। गुलाब जामुन मुँह में रखते ही पिघल जाये, खस्ता कचौड़ी और पुलाव के तो कहने ही क्या? मेहमानों के आने से पहले महराज अपना मेहनताना लेकर निकल गये। रात को यही भोजन लड़कियों और उनकी माँ की दिन-भर की मेहनत का फल बताकर परोस दिया गया और मेहमान उँगली चाटते रह गये। लड़कियों की सजावट में कोई कमी ना रह जाये, इसके लिए लोकल पार्लर की मालकिन मोना दीदी की मदद ली गयी, जो कब, कहाँ, कितना चाहिए और फर्स्ट इम्प्रेशन इज़

दि लास्ट इम्प्रेशन की पूरी तरह क़ायल थीं। उन्होंने दोनों के जन्मजात सौन्दर्य में अपनी करामाती उँगलियों से चार चाँद लगा दिये। साड़ियों के रंग, ज़ेवरों की मात्रा, चलने-फिरने बात करने का स्टाइल, हर विषय पर ज्ञान बाँट कर अपने पार्लर की राह पकड़ी। जाने से पहले 'आल द बेस्ट' 'सी यू एट दि वेडिंग' का ऐलान भी कर गयी।

ठीक आठ बजे घण्टी बजी और कार्यक्रम शुरू हो गया। ज्ञानेश्वरी जी ने बड़े सहज ढंग से परिचय कराया, फिर आवाज़ दी, "चन्दा-तारा कहाँ हो बेटा? मैंने कहा था ना जल्दी वापस आऊँगी, लो आ गयी।" बुआ की बुलन्द पुकार ने लड़कियों में नयी स्फूर्ति भर दी और वे मुस्कराती हुई बाहर आ गयीं। इसके बाद जो हुआ उसे एक यादगार शाम कहा जा सकता है। खाना-पीना, हँसना-हँसाना, लड़कियों के व्यावहारिक-मानसिक गुणों की व्याख्या, जीवन के प्रति आशा, उत्साह, बड़ों के लिए आदर-सम्मान, छोटों के लिए प्यार। स्नेह सक्सेना ने बढ़-चढ़कर बेटियों की गुण गाथा बयान की। "सारा घर सँभालती है दोनों, पढ़ाई-लिखाई के साथ कढ़ाई-बुनाई, पेंटिंग-कुकिंग हर चीज़ का शौक़ है। पता नहीं इनके जाने पर क्या होगा।" "अपना घर सँभालेंगी" जहाँ तक इस घर का सवाल था, सबको पता था सक्सेना दम्पती के परलोक सिधारने के पश्चात् चाबी चन्दा-तारा को ही मिलेगी, लड़के वालों के लिए एक ऐसा तोहफ़ा जो गिने-चुने भाग्यशाली लोगों को ही मिलता है। ज़ाहिर है इस ब्रह्मास्त्र ने चौरसिया दम्पती का रोम-रोम पुलकित कर दिया। उन्हें घर, खाना, लड़कियाँ दो-गुने नहीं चौगुने सुन्दर लगने लगे। इससे बेहतर रिश्ता मिल ही नहीं सकता। बाहर निकलने से पहले दोनों बच्चियों को बार-बार गले लगाया, प्यार भरे आशीर्वाद की ऐसी बौछार की, सब समझ गये इस बार मुँह में 'घी-शक्कर' नहीं 'लड्डू-पेड़े' की बारी है। घर पहुँचते ही मीरा जी ने ज्ञाना बुआ को शुभ समाचार सुना दिया। "लगता है आप हमारे पिछले जन्म की बहन हैं, दिल ख़ुश हो गया।"

ज्ञानेश्वरी बुआ इस सुनहरे अवसर को हाथ से भला कैसे जाने देतीं, तुरन्त नहले पे दहला जड़ दिया, "ऐसा है बहन जी कल का दिन बड़ा

शुभ है, हमारी मानिए तो वापस जाने से पहले बात पक्की कर दीजिए, भाई साहब से राय मश्विरा कर लीजिए, फिर सुबह सक्सेना जी को बता देंगे।''

चौरसिया जी व्यापार ही नहीं दुनियादारी के भी महारथी थे। उन्हें अपनी पत्नी का ऐसा उतावलापन, प्रसन्नता का प्रदर्शन जैसे भूखे को खाना मिल जाये खटक रहा था इसलिए बागडोर अपने हाथों में लेते हुए बोले, ''आप ठीक कह रही हैं, हम थोड़ा सोच-विचार कर लें, फिर सुबह आपको बताते हैं।''

''तुम तो ऐसे पगला रही हो जैसे पहले कभी लड़कियाँ नहीं देखीं।'' कमरे का दरवाज़ा बन्द करके डाँट लगायी।

''मेरी आदत है जैसे अन्दर वैसा बाहर, पहले कभी एक साथ इतना देखा है। ऐसी गुणवन्ती लड़कियाँ भले लोग, दान-दहेज में जो मिलेगा। उसके अलावा जो कुछ भी है सब इनका।''

''मकान, दुकान के चक्कर में तुमने एक बात पर ध्यान नहीं दिया, बड़ी का रंग साँवला और छोटी का गोरा!''

''बड़ी का रंग साँवला नहीं गेहुआँ है, उसके नाक-नक्श देखे छोटी से ज़्यादा तीखे हैं। अपनी-अपनी जगह दोनों बड़ी प्यारी हैं। एम.ए. बी. ए. की डिग्री के साथ सब बैलेंस में हैं।

''चलो तुमने कहा और हमने मान लिया लेकिन अगर तुम्हारे लड़कों ने मीन-मेख निकाली? बड़े की आदत पता है ना?''

''शादी के पहले सभी नखरे दिखाते हैं। अब आपका रंग हमसे उन्नीस है, मैंने कभी कुछ कहा।''

''बस मौक़ा मिला और करने लगीं अपने गोरे रंग का बखान, मेरा मतलब था हम हाँ कर दें फिर लड़के देखने आये और उन्होंने...''

''जब हमने देख लिया, पसन्द कर लिया तो उन्हें आने की क्या ज़रूरत है, फ़ोटो पसन्द कर चुके हैं। बड़े की बड़ी से, छोटे की छोटी से, आने के पहले मैंने ठोंक-बजाकर बात कर ली थी। दोनों ने कहा आपको, पापा को जो उचित लगे करना, मेरी मानो बात पक्की कर दो।''

''मुझे भी सब कुछ पसन्द है पर...''

"ये किन्तु-परन्तु छोड़ो, मैं गले में तीन चेन पहनकर आयी हूँ। एक-एक दोनों को पहना दूँगी, हो गया रिश्ता पक्का।"

गहन विचार-विमर्श के पश्चात् दोनों आश्वस्त हो गये। ये लड़कियाँ उनके परिवार में चार चाँद लगा देंगी। दोनों भाइयों को प्रेम-परम्परा की डोर में बाँध रखेंगी, ना घर का बँटवारा होगा, ना व्यापार का। पतियों को भरपूर प्यार मिलेगा, सास-ससुर को श्रद्धा, सेवा। जहाँ तक लेन-देन का प्रश्न था सक्सेना जी जीवन भर दामादों की पूजा करेंगे और अन्त में इस क्षणभंगुर संसार से विदा लेते समय ऐसी दामाद दक्षिणा दे जायेंगे, जिसे पाकर चौरसिया परिवार धन्य हो जायेगा। इस निष्कर्ष के बाद दोनों बड़ी गहरी शान्तिपूर्ण निद्रा में सो गये, भविष्य इतना सुन्दर, स्वर्णिम हो तो दिल-दिमाग़ को विश्राम मिल ही जाता है।

अगले दिन की सुबह एक नयी शुरुआत थी आशा और विश्वास से परिपूर्ण, रमेश जी मुस्करा रहे थे, मीरा जी चहक रही थीं। "देखिए बहन जी, हमने सोचा नहीं था रिश्ता पक्का करके जायेंगे, पर लगता है भगवान को यही मंजूर है।"

उनके कुछ और कहने से पहले ही ज्ञानेश्वरी जी ने मीरा जी को कसकर गले लगा लिया, "मुबारक हो बहन जी, बधाई हो भाई साहब। आपने मेरी बात रख ली, आपकी हाँ हमारे लिए सब कुछ है। बस एक बार लड़कियों के सिर पर हाथ रख पर आशीर्वाद दे दीजिए, बात पक्की।"

"आशीर्वाद के साथ माला भी पहना देगी, तीन-तीन पहन कर आयी है।" आज की गुलाबी सुबह रमेश जी मज़ाक़ के मूड में थे। उनकी इस बात पर सबने ज़ोर से ठहाका लगा दिया।

चार घण्टे के भीतर 'रोकना' की रस्म पूरी हो गयी। मीरा जी दूरदर्शी महिला थीं। गले में दो अतिरिक्त माला पहनने के साथ दो नयी साड़ियाँ भी सूटकेस के तले में डाल ली थीं। ज़रूरत पड़ी तो काम आ जायेंगी। मालाओं और साड़ियों के आदान-प्रदान के बीच आशीर्वाद, प्यार, शुभ कामनाओं की ऐसी वर्षा की, सक्सेना परिवार ऊपर से नीचे तक सरोबार हो गया, उन्हें लगा वो जो भी कर रहे हैं, दे रहे हैं, कम है मन में

विश्वास हो गया बेटी चन्दा और तारा के लिए ससुराल नहीं स्वर्ग के द्वार खुलने जा रहे हैं।

माता-पिता के चेहरे पर असीम प्रसन्नता, सन्तोष और हाथों में मेवों, मिठाइयों से भरे डिब्बों को देखकर आज्ञाकारी पुत्र दिनेश और दीपक समझ गये कि उनके भाग्य और भविष्य की दिशा तय कर दी गयी है। उन्होंने सोचा था कि पहले की तरह इस बार भी कुछ-न-कुछ कमी निकल आयेगी, लेकिन 'होगा वही जो राम रच राखा' कहाँ तो एक का रिश्ता तय नहीं कर पा रहे थे, कहाँ एक ही झटके में ऐसे चिन्तामुक्त हुए कि हँसी खुशी का इज़हार रोके नहीं रुकता। 'रोका रस्म' के शानदार क़िस्से, लड़कियाँ कितनी सुन्दर लग रही थीं, उनके माता-पिता कितने उदार, दिलदार हैं, छोटी-सी 'मिलनी' को कैसा भव्य बना दिया। इस वक़्त ये हाल है तो शादी, सगाई पर क्या होगा? प्रेम-प्रशंसा के इस उबाल पर दोनों भाई चकित रह गये, "हम कब देखने जायेंगे।" कहने में ज़बान पथरा गयी, अब जब सब कुछ तय हो गया, साड़ी, माला पहना दी गयी, कैश से भरे मोटे-मोटे लिफ़ाफ़े जेबों में पहुँच गये, ललाट पर लाल टीका अंकित हो गया तो देखने-दिखाने की बात करना बड़ों का अपमान नहीं तो क्या है? कौन कहता है कलियुग में श्रवण कुमार पैदा नहीं होते। लड़कियों के फ़ोटो देखकर सारे संशय दूर हो गये, एक से एक बढ़कर थीं दोनों। ना एक कम ना दूसरी ज़्यादा। जल्दी से शादी के लिए मन मचलने लगा, पर प्रकाण्ड पण्डितों के आगे किसकी चली है। पोथी-पत्रियाँ टटोलने के पश्चात् दो महीने बाद शादी, उसके दस दिन पहले सगाई की रस्म का शुभ मुहूर्त निकाला गया। इतने भव्य समारोह के लिए बड़े इन्तज़ाम करने पड़ते हैं। ये कोई मामूली शादियाँ तो थीं नहीं, दो समृद्ध परिवारों की आशा-आकांक्षा और जीवन पर्यन्त देखे सपनों को साकार करना था, तो कोई भी पीछे कैसे रह जाता। कमर कस ली, हर चीज़ बेस्ट से बेस्ट, सर्वश्रेष्ठ होनी चाहिए। निमन्त्रण पत्र-शादी के कार्ड नहीं, सगाई से लेकर शादी और विदाई तक हर कार्यक्रम, हर घण्टे, हर पल के विस्तृत ब्योरे की पोथी लगनी चाहिए, जिसे पाकर रिश्तेदार, मित्रगण प्रशंसा किये बिना ना रह पाये और अपनी जिज्ञासा शान्त करने

के लिए इस शुभ विवाह में शामिल होना उनके लिए अनिवार्य हो जाये जैसे लोग तीर्थ यात्रा पर जाते हैं।

सगाई का सामान देखकर किसी को हर्ष हुआ तो किसी को ईर्ष्या, तो कोई आश्चर्यचकित रह गया। डिज़ाइनर सूट, घड़ी, हीरों जड़ी अँगूठी और गले की रस्सीनुमा चमचमाती चेन, चाँदी की थालियों में सजी मेवा-मिठाइयों, रंग-बिरंगी साड़ियों और सूटों ने ऐसी छटा बिखेरी, नाच-गाने, खाने-पीने का ऐसा कार्यक्रम चला कि लोगों को सगाई में शादी का आनन्द आ गया। मेहमानों को विदा करते, सामान समेटते, बटोरते आधी रात हो गयी, किन्तु चौरसिया परिवार के किसी सदस्य को न थकान हुई, न निद्रा ने घेरा, मुफ़्त के माल एक नयी ऊर्जा भर देते हैं। ''सक्सेना जी हैं दिलवाले'' आज की आमदनी पर रमेश जी ने प्रसन्नता ज़ाहिर की–

"होना ही चाहिए ये महकमा मशहूर है ऊपर की आमदनी के लिए, ख़ूब कमाया होगा।"

''ईमानदारी का ठेका थोड़े ही ले रखा है समधी जी ने, तुम आम खाओ, गुठली मत गिनो।"

पति, पत्नी दोनों का मन हो रहा था, हँसें, ख़ूब हँसें ज़ोर-ज़ोर से...

दोनों पक्षों के लिए दो महीने, दो दिन की तरह निकल गये और शादी की शुभ वेला आ पहुँची, मेहमानों के लिए अपने घर छोटे पड़ गये। दोस्तों, पड़ोसियों से कमरे माँगने पड़े। सक्सेना साहब के मेहमानों के लिए सर्किट हाउस के अलावा जो भी सरकारी व्यवस्था उपलब्ध थी सेवारत कर ली गयी, जो भी चपरासी छुट्टी पर था हाज़िर हो गया, दफ़्तर के लोग दफ़्तर में कम साहब के घर ज़्यादा नज़र आने लगे। बस तीन दिन की बात थी। एक बार बेटियाँ अपने घर गयीं, फिर सब हमेशा के लिए सूना-शान्त, तो क्यों न इस स्वर्णिम समय को यादगार बनाया जाये। लोग सालों तक याद रखें, "शादी हो तो ऐसी, क्या रौनक, क्या रुतबा, ऐसी धूमधाम हमने पहले नहीं देखी।"

दिनेश और दीपक की बारात बेहद शानो-शौक़त से निकली। बैण्ड बाजे वालों ने ख़ूब धूमधड़ाका मचाया, घोड़ों पर सवार दूल्हों की

साज-सज्जा, उनके आगे नाचते माता-पिता, रिश्तेदार और मित्रों की भीड़ ने ऐसा समाँ बाँधा कि सड़कों और छज्जों पर खड़े दर्शक झूमने लगे। ये तो अपने शहर का नज़ारा था आगे के कार्यक्रम कितने भव्य, आलीशान होंगे, यह सोचकर ही बारातीगण रोमांचित हो उठे। ऐसे प्रसन्नचित्त बारातियों से भरी तीन जम्बो बसें अभी शहर के बाहरी मुहाने पर ही पहुँची थीं कि घरातियों ने घेर लिया, हाथों में माला, इत्रदान, हर तरह की कोल्ड ड्रिंक और फूलों की बारिश, गाजे-बाजे के साथ आये थे बारात और दूल्हों का स्वागत करने। उनके ठहरने का आशियाना इतना ख़ूबसूरत कि पंचसितारा होटल भी शरमा जाये। बारात का स्वागत, चाय-नाश्ते का प्रबन्ध और फिर दोपहर का भव्य भोजन सब कुछ बढ़िया तरीक़े से सम्पन्न हुआ। दोनों पक्ष पूरी तरह सन्तुष्ट थे। रमेश जी ने सबको समझा दिया, जयमाला कार्यक्रम रात ठीक आठ बजे आरम्भ होगा। सब लोग साढ़े सात बजे तैयार रहें। फ़िलहाल जिसे आराम करना है या यहाँ के शहर-बाज़ारों का जायज़ा लेना है, उनके पास इस व्यक्तिगत गतिविधि के लिए तीन-चार घण्टे हैं। बाहर सरकारी गाड़ियाँ खड़ी हैं, बिना संकोच के इस्तेमाल करें, ड्राइवर लोग तैनात हैं।

इस ज़रूरी सूचना के प्रसारण के पश्चात ज़्यादातर आदमी सफ़र और ज़रूरत से ज़्यादा खाने की थकान उतारने के लिए बिस्तर की शरण में चले गये। औरतों ने गप्पों, शाम की तैयारी और मेकअप की ओर रुख़ किया, लेकिन कुछ ऐसी भी थीं, जिनके दिमाग़ में कुछ नया अटपटा करने का प्लान बन रहा था। दो दिन के लिए आये हैं, बाहर गाड़ियाँ तैयार हैं, क्यों न थोड़ा सैर-सपाटा हो जाये। इस मण्डली में रूपा चाची सबसे आगे थीं, देखने को तो बड़ी ख़ुश नज़र आ रही थीं, लेकिन अन्दर-ही-अन्दर एक ऐसी चुभन थी जिसे निकाल फेंकना उनके बस की बात नहीं थी। मीरा भाभी से उनकी अच्छी पटती थी, कोई मनमुटाव, लड़ाई-झगड़ा नहीं, इस प्रेम-परम्परा को और ज़्यादा मज़बूत करने की इच्छा से वो अपनी बुआ की बेटी का रिश्ता दिनेश के लिए लायी थीं लेकिन लड़की देखे बिना ही मीरा जी ने प्रस्ताव ठुकरा दिया। उनका मानना था "रिश्तेदारों में रिश्तेदारी जोड़ना, मुसीबत को न्योता देना है।" रूपा चाची को बात चुभ गयी, अपनों से अपमान कुछ ज़्यादा ही कष्ट

देता है। दो साल बाद भी इस काँटे की कसक बाक़ी थी। जब सुना एक नहीं, दोनों बेटों का रिश्ता एक घर में, सगी बहनों से तय किया है तो तिलमिला उठीं, पहले सोचा नहीं जाऊँगी लेकिन पति और बच्चों के आग्रह और अपने मन की कुटिल जिज्ञासा शान्त करने का एक ही रास्ता था, शादी में शामिल होना पड़ेगा। देखें तो सही कौन-सी हूर की परी ढूँढ़ी हैं, जिन पर इतना इतरा रही हैं मीरा जी। वैसे तो जयमाला के समय दर्शन हो ही जायेंगे। पर क्यों न एक सरपराइज विजिट दे दी जाये। लड़कियों और घरवालों का असली रंग-रूप देखने का ऐसा अवसर फिर नहीं मिलेगा। किसी को ज़रा भी ख़बर नहीं हुई कहाँ जा रही हैं रूपा चाची। अपनी ख़ास सखियों को लिया और कार में जा बैठीं।

"कहाँ चले मैडम जी।"

"सक्सेना साहब के घर, हमारी जान-पहचान है लड़कियों से, हैलो करने जा रहे हैं। हमारे पास ज़्यादा वक़्त नहीं है, जल्दी से लौट आयेंगे, ज़रा तेज़ चलाओ।" रास्तेभर लेक्चर जारी रहा-

"देखो भई, बस एक घण्टा है हमारे पास! हम चुपचाप लड़कियों से मिलकर निकल आयेंगे। ससुराल वाले आये हैं इसका शोर मचाने की ज़रूरत नहीं हैं, बेचारे घबरा जायेंगे, समझ रहे हो हम क्या कह रहे हैं?"

सदैव हाँ में हाँ मिलाने वाला सरकारी ड्राइवर सर हिलाता रहा। गाड़ी रोकते ही दरवाज़े पर जमना काकी दिख गयी। ख़ुश होकर आवाज़ लगायी, "काकी इन लोगों को चन्दा-तारा बिटिया से मिलना है। बड़ी जल्दी में हैं। साथ ले जाओ और लौटा भी लाना, हम यहीं खड़े हैं।" काकी खाने-पीने के काम से फुर्सत पाकर थोड़ी देर आराम की सोच रही थीं और ये मुसीबत आ टपकी, ना तो हाँ ही करते बना और ना ही ना करते बना, खिसियाकर बोली, "चलो पहुँचा देते हैं, फिर और भी काम हैं हमें।"

"ठीक है आप लोग जाइए इनके साथ।"

"हाँ-हाँ हम यूँ गये और यूँ आये।"

जमुना काकी नहीं जानती थी कि वो मेहमान नहीं मुसीबत लायी है। लड़कियों के कमरे का दरवाज़ा जो थोड़ा-सा खुला था, पूरा खोलते हुए बोली, "बिटिया ये लोग तुमसे मिलने आयी हैं।"

"कौन?"

"पहचानो कौन" रूपा चाची ने अन्दर घुसते हुए बात पूरी की।

अगले कुछ पल बेचारी लड़कियाँ उन्हें पहचानने की कोशिश करती रहीं और आने वाले मकसद में कामयाब हो गये। दोनों अपने असली रूप में थीं, दोहपर की हल्दी की रस्म का पीलापन, रूखे-सूखे बिखरे बाल, थकावट से बोझिल चेहरा, उनींदी आँखें और सिलवटों में भरी नाइटी से लिपटा शरीर, हड़बड़ा कर उठ गयीं, "सॉरी आंटी।"

"अरे सॉरी तो हमें कहना चाहिए अचानक से आ धमके, इधर से निकल रहे थे रहा नहीं गया, दिनेश और दीपक की आंटी हैं हम।"

सुनते ही दोनों के चेहरे फक पड़ गये। "हे भगवान ये क्या हो गया, हमारा ये हाल बिस्तर, कमरा सब उथल-पुथल, क्या करें।"

"काकी, मम्मी को बुलाओ, आपके लिए कुछ चाय, ठण्डा क्या लेंगी?"

"लंच करके निकले हैं, कुछ नहीं चाहिए।"

काकी मम्मी को बुला लायी जो लड़कियों की दीन-दशा देखकर शरमाते हुए बोली-"माफ़ कीजिए, हड़बड़ी में सब उल्टा-सीधा पड़ा है, आइए ड्राइंग रूम में बैठते हैं।"

"अरे नहीं बैठने लायक वक्त कहाँ हैं हमारे पास। सोचा शाम की तैयारी से पहले आपके शहर और अपनी बहुओं की एक झलक देख लें, सो आ गये। आप लोगों को भी बहुत काम होगा, हम और डिस्टर्ब नहीं करेंगे, शाम को मिलते हैं।"

मम्मी जी रोकती रह गयीं और रूपा चाची जैसे आँधी की तरह अन्दर आयी थीं, तूफ़ान की तरह बाहर निकल गयीं। उनके चेहरे की कुटिल मुस्कान बता रही थी, उन्होंने जो सोचा था, जो चाहा था आख़िर मिल ही गया। अपनी कामयाबी पर चाची का चित्त बेहद प्रसन्न था। ज़बान कुछ कह डालने के लिए मचल रही थी लेकिन ड्राइवर साहब की उपस्थिति में यह मुमकिन नहीं था, इसलिए रास्ते भर आँखों और इशारों में वार्तालाप होता रहा, जैसे ही कार से उतरीं उफान बह निकला-

"लो खोदा पहाड़, निकली चुहिया।"

"तारीफें सुना-सुनाकर पका दिया, ऐसा तो कुछ था ही नहीं।"

"अरे ये सब छोड़ो, एक बात नोटिस की", रूपा चाची के इस वाक्य पर सबके कान खड़े हो गये। "दो बहनों में एक चाँदनी है तो दूसरी रजनी।"

"क्या मतलब?"

"अब बनो मत, देखा नहीं एक गोरी दूसरी काली।"

"काली या साँवली?"

"हल्दी का उबटन रगड़-रगड़ के साँवली बनी है, जो भी हो, मीरा भाभी ने अच्छा नहीं किया, अब बड़े को बुरा नहीं लगेगा! ज़रूरी था एक ही घर की बहनों को लेना।"

"इतने माल टाल के साथ सब चलता है बेचारा दिनेश, एक तो वैसे ही तुनक-मिज़ाज, माँ की पसन्द पर भड़क जायेगा।"

"उसे सब पता है, मीरा भाभी हमेशा छोटे की तरफ़दारी करती हैं, दीपक को रोशनी मिल जाये, दिनेश तो अँधेरे में भी काम चला लेगा।''

रूपा चाची को शायद स्वयं भी यह अहसास नहीं था कि उन्होंने जो चिंगारी छोड़ी है उसे शोला बनते देर नहीं लगेगी। चार औरतों के मुँह से निकली फुसफुसाहट कुछ मिनटों में ही चौरासी कानों तक पहुँच गयी और फ़िर ऐसा धमाका हुआ, जिसकी कल्पना बाराती या घराती किसी ने सपने में भी नहीं की थी।

धमाके का मूलमन्त्र था, "एक चाँदनी जैसी सफ़ेद तो दूसरी रात जैसी काली।

दोपहर के भोजन के पश्चात् दिनेश और दीपक थोड़े-से आराम की तलाश में उस कमरे में रिटायर हो गये थे जो उनके लिए ख़ासतौर से सजाया गया था। आरामदायक बिस्तर, फूलों की ख़ुशबू से महकती मदहोश हवा। कुछ पलों में ही दोनों भाई मीठे सपनों की दुनिया में सो गये। दूसरी ओर जो बात रूपा चाची ने अपने कमरे में अपने लोगों के साथ शेयर की थी, रेडियो की विशेष सूचना की तरह इस कमरे से उस कमरे में होती हुई रमेश और मीरा जी की बहनों तक पहुँची। बस फिर क्या था, उनका गुस्सा सातवें आसमान को छूने लगा, वो अपने

भाई-बहन को रूपा की इस नीच हरक़त से अवगत कराने जा रही थीं दुर्भाग्यवश रूपा जी रास्ते में दिख गयीं और जो बात शान्तिवार्ता से तय हो जानी चाहिए वो कहा-सुनी, तानेबाज़ी, कठोर आलोचना, लड़ाई-झगड़े में बदल गयी। इस गरमागरम बहस का आनन्द लेने के लिए जो भीड़ इकट्ठी हुई उसमें रमेश जी, मीरा जी और उनके आयुष्मान बेटे दिनेश और दीपक भी थे।

इस गृह युद्ध का ख़ास मुद्दा था— "रूपा चाची बिना किसी को बताये सक्सेना जी के यहाँ गयीं, वहाँ लड़कियों के कमरे में घुस गयीं, अब लौटकर बेहूदा-बेबुनियाद अफ़वाहें उड़ा रही हैं कि एक चाँदनी की तरह सफ़ेद है तो दूसरी रात जैसी काली... इन्हें शर्म आनी चाहिए।'' रूपा जी का कहना था-''हम बाज़ार जा रहे थे, रास्ते में ड्राइवर ने कहा ये सक्सेना साहब का घर है, हमारा मन अपनी होने वाली बहुओं से मिलने का हुआ, हैलो करने चले गये। कौन-सा गुनाह कर दिया? जहाँ तक काले-गोरे का सवाल है जो देखा सबको बता दिया, झूठ क्यों बोलेंगे? यक़ीन नहीं है तो जाकर के देख लो, साँच को आँच क्या?"

दोनों पक्ष अपनी बात पर अड़े थे। अचानक रमेश जी की कड़कती आवाज़ ने सबको चुप करा दिया। "भगवान के लिए बन्द करो ये बकवास, सब अपने कमरे में जाओ, चार घण्टे बाद जयमाला की रस्म होनी है।"

"नहीं पापा अब तो मैं देखकर ही शादी करूँगा।"

दिनेश का चेहरा क्रोध, क्षोभ, ग्लानि और अपमान की आग में जल रहा था। इसके पहले कोई कुछ कहता वो पैर पटकता अपने कमरे में चला गया। उसके पीछे भागे माता-पिता, भाई-मौसी, बुआ, चाचा। रमेश जी ने सबको डाँट पिलाते हुए कहा, "अभी कुछ बाक़ी है क्या? आप लोग जाइए, हम देख लेंगे।" मीरा जी ने रोना शुरू कर दिया था। दीपक उन्हें अन्दर ले गया और दरवाज़ा धड़ाक से बन्द हो गया। अगला क़दम इन चार लोगों को ही उठाना था, दो पुरुषार्थी बेटों की ज़िन्दगी का सवाल था।

जयमाला और शादी की रस्म में बस कुछ घण्टे ही बाक़ी थे, लेकिन बन्द कमरे में चल रही गरमागरम बहस थमने का नाम नहीं ले रही थी। लाख कोशिश करके भी माता-पिता अपने अड़ियल, गुस्सैल पुत्र को

समझा नहीं पाये कि इस वक़्त लड़की देखने की बात करना अनुचित ही नहीं बदतमीज़ी की पराकाष्ठा है। लड़कियों का सरासर अपमान है। बेटे का तर्क था, "सारी उम्र साथ गुज़ारनी है, मैं कोई भ्रम या बदगुमानी पालकर इतना बड़ा क़दम नहीं उठा सकता। यदि लड़की ऐसी अच्छी है, जैसा आप कह रहे हैं तो मैं क्यों ना करूँगा? एक बार मिल लें फिर मैं खुशी-खुशी शादी कर लूँगा पर बिना देखे मैं हरगिज़ जाने वाला नहीं हूँ। ये बात आप अच्छी तरह समझ लीजिए।"

रमेश जी और मीरा जी, अपने बेटे को जानते थे, उसकी ना हाँ में बदलने वाली नहीं है। इस भयंकर परिस्थिति से निकलने का एक ही उपाय है, 'ज्ञानेश्वरी बुआ'। इस समय एक-एक पल क़ीमती था। फ़ोन पर मीरा जी इतना ही कह पायीं, "फ़ौरन आ जाइए हम बहुत बड़े धर्म संकट में फँस गये हैं।" ज्ञाना बुआ ने भाँप लिया, वो रो रही हैं। फ़ौरन हाज़िर हो गयीं। उन्हें अन्दाज़ा नहीं था परिस्थिति गम्भीर ही नहीं, हाथ से भी निकल चुकी थी। जीवन में पहली बार एक रिश्ता तय करवाने पर इतना अफ़सोस हुआ, तय कर लिया अब कभी ये काम नहीं करूँगी, लेकिन अभी इस चक्रव्यूह से कैसे निकला जाये? ज्ञाना बुआ बड़ी अनुभवी, दूरदर्शी, हौसले वाली महिला थीं, जान गयीं ये लोग बेटे को नहीं समझा पाये पर वो लड़की वालों को समझा लेंगी। "हमारी बेटियाँ लाखों में एक हैं। हमें किस बात का डर? चलिए किस-किसको मिलना है?

निकलने से पहले सक्सेना जी और उनकी श्रीमती को फ़ोन पर अच्छी तरह समझा दिया। हालात कितने गम्भीर और नाज़ुक हैं। एक नज़दीकी रिश्तेदार की गन्दी सोच ने सम्बन्ध जुड़ने से पहले तोड़ने का माहौल पैदा कर दिया है। हम सब को बहुत ही समझदारी और संयम से काम लेना होगा। व्यर्थ के तर्क-वितर्क में न पड़ें। लड़कें लड़कियों से मिलना चाहते हैं, पाँच मिनट की बात है। हम चुपचाप पिछले दरवाज़े से घर में घुसेंगे और वहीं से वापस निकल आयेंगे। किसी को पता नहीं लगना चाहिए दोनों परिवारों की इज़्ज़त-आबरू का सवाल है।

सम्पूर्ण गुप्त योजना फ़ोन पर निश्चित कर ली गयी। दोनों लड़के माता-पिता के साथ आयेंगे, मुलाक़ात के वक़्त इन चारों के अलावा दोनों

लड़कियाँ, उनके माता-पिता और ज्ञाना बुआ उपस्थित रहेंगे। जयमाला, फेरों से पहले एक छोटा-सा परिचय सारी ग़लतफ़हमी दूर कर देगा और किसी को कानों-कान भनक नहीं पड़ेगी। बड़ी धूमधाम से चाँद सितारा की शादी, विदाई का शुभ कार्य सम्पन्न हो जायेगा और ससुराल पहुँच कर दोनों अपने पतियों और सास-ससुर के साथ खुशियों भरी नयी ज़िन्दगी शुरू करेंगी।

ज्ञानेश्वरी जी तथा चौरसिया परिवार ने चोरों की तरह छुपकर पिछले दरवाज़े से सक्सेना भवन में प्रवेश किया। जहाँ एक छोटे-से स्टोर रूम में लड़कियाँ तथा उनके माता-पिता बेहद गम्भीर मुद्रा में प्रतीक्षा कर रहे थे। इस बोझिल वातावरण को हल्का करने की कोशिश में बुआ जी कुछ कहने जा रही थीं कि ज़िद्दी, तुनकमिज़ाज अड़ियल दिनेश के मुँह से मारे खुशी के निकल पड़ा, "सब ठीक है, मुझे मंज़ूर है।" दोनों भाई जब से अन्दर आये थे, लड़कियों को एकटक ऐसे देख रहे थे जैसे पहले कभी लड़कियाँ देखी नहीं। मोना दीदी की मदद से सज-सँवर कर दोनों बड़ी ख़ूबसूरत लग रही थीं एकदम चाँद और तारा। दोनों के चेहरे ज़रूरत से ज़्यादा गुलाबी दिख रहे थे, ये लालिमा प्रकृति की देन थी या मोना दी के हाथों का कमाल या फिर क्रोध, अपमान, शर्म, ग्लानि का मिला-जुला रंग? स्वयं की आत्मसन्तुष्टि में डूबे मूर्खों ने इस ओर ध्यान ही नहीं दिया लड़कियाँ भी गुस्सा कर सकती हैं, उनके आत्म-सम्मान को भी गहरी चोट लग सकती है, वो भी आवाज़ उठा सकती हैं।

"क्या ठीक है? क्या मंज़ूर है?'' तारा के तीखे प्रश्न ने सबको चौंका दिया।

"तुमसे शादी... मुझे मंज़ूर है।" दिनेश ने खिसियाते हुए मुस्कराने की कोशिश की।

"धन्यवाद दिनेश जी, लेकिन मुझे मंज़ूर नहीं।"

"क्या?" ये 'क्या' शब्द वहाँ उपस्थित हर व्यक्ति के मुँह से कमान से निकले तीर की तरह बाहर आया था।

"तुम जैसे बेवकूफ़, बदतमीज़, बेहूदा आदमी से शादी करने के बजाय ज़िन्दगी भर क्वाँरी रहना पसन्द करूंगी। मुझे तुमसे शादी नहीं करनी।"

"मुझे भी नहीं करनी।" चन्दा चिल्लायी।

"शादी से दो घण्टे पहले आप हमारी अग्नि परीक्षा लेने आये हैं। हम आपकी पत्नी बनने लायक हैं या नहीं, हमारी शक्ल-सूरत आपको नहीं भायी तो मना कर देंगे। ऐसे नीच सोच वाले लोगों से शादी तो क्या मैं बात करना भी पसन्द नहीं करूँगी"। गुस्से में चन्दा का चेहरा गुलाबी से लाल हो गया था।

"चले हैं मेरा रंग-रूप देखने।" तारा गुस्से से काँप रही थी। "अपनी शक्ल देखो शीशे में, शर्म से डूब मरोगे, गो अवे गेट लौस्ट।" वो उठकर खड़ी हो गयीं।

"चन्दा, तारा रुको, ठहरो, बात सुनो।"

"हमें समझाने की कोशिश बेकार है, सोचना भी मत, आपसे हमारा अनुरोध है ज्ञानेश्वरी जी जैसे अन्दर आयी हैं वैसे ही इन्हें बाहर ले जाइए वरना धक्के मारकर बाहर निकालना पड़ेगा।"

"बेटा।"

"बस, अब और कोई बात नहीं होगी।"

धड़ाक से दरवाज़ा बन्द हुआ और दोनों बाहर निकल गयीं, कमरे में बैठे सात लोग एक-दूसरे का मुँह देखते रह गये। ज्ञानेश्वरी बुआ ने फिर कभी किसी की शादी तय कराने का प्रयास नहीं किया। रिश्ते भाग्य और भगवान बनाते हैं, हम कौन होते हैं उनके विधि-विधान में बाधा डालने वाले... जिसे जो मिलना है मिल जायेगा, जो नहीं मिलना, वो मिलते-मिलते रह जायेगा।

चाँद और सितारा की कहानी जिसने भी सुनी लम्बी साँस खींचकर कहा "हे भगवान ऐसा किसी लड़की के साथ न हो," लेकिन सच को हमेशा के लिए दबाना सम्भव नहीं, अतीत की परछाईं की तरह कभी-न-कभी सामने आ खड़ा होता है, थोड़े दिन बाद लोग कह रहे थे, "ऐसा किसी दूल्हे के साथ ना हो, बेचारे लड़के..."

मिलन

दिल्ली
15.12.57

प्रिय नीलू,

सोच रही हूँ तुझे कैसे मनाऊँ? तू मुझसे इस बार सचमुच रूठ गयी होगी, मेरे आलस्य पर तुझे ज़रूर क्रोध आया होगा और तूने मन-ही-मन मुझसे कभी न बोलने की क़सम खा ली होगी। मेरा अपराध भी कम नहीं। देने को कोई भारी-भरकम दलील भी नहीं, पर जानती हूँ तुझे मना ही लूँगी और तू फिर से पूछ बैठेगी, "क्या है, री?"

इस बीच तेरे कई पत्र मिले, एकाध का उत्तर दिया, बाक़ी पी गयी। कारण कोई विशेष नहीं, कुछ थोड़ा-सा काम और ज़्यादा आलस्य-दोनों ने मिलकर मुझे तेरा अपराधी बना दिया। तू सोच रही होगी, मैं शादी के बाद बदल गयी हूँ, तुझे भूल गयी हूँ। अपने इस नये संसार में आकर इतनी मस्त हो गयी कि दोस्ती का मूल्य ही कुछ नहीं रहा मेरी नज़रों में, पर ऐसा कुछ भी नहीं है, नीलू! तू मेरे निकट अब भी वैसी ही है-उतनी ही प्यारी, उतनी ही मूल्यवान। पर इस नये संसार में आकर कुछ इतना उलझ गयी, इसकी मीठी भूल-भुलैया में कुछ ऐसी खो गयी, कि पुराने बन्धन थोड़ी देर के लिए शिथिल हो गये। पर हाँ, इतना तू विश्वास रख कि वे केवल थोड़े शिथिल ही हो उठे थे, टूट तो वे सकते ही नहीं। इसी शिथिलता में यह वर्ष न जाने कब, कैसे बीत गये। अपराध से इनकार मैं नहीं करती पर दण्ड तू चाहने पर भी न दे पायेगी। अपनी

वकालत के लिए इतना भारी अस्त्र लेकर तेरी अदालत में पेश हो रही हूँ कि तुझे बरबस मुसकराते हुए मुझे सम्मान-सहित बरी करना पड़ेगा। अच्छा तो अब यह टेढ़ी भृकुटी सीधी कर और हँसकर पूछ, "बता ना क्या है?" तो बताऊँ? नहीं-नहीं, ऐसे नहीं, कान पास ला, बिल्कुल मेरे मुँह के पास, यह ज़ोर से बताने की बात नहीं है। अभी तक मैंने किसी से भी नहीं कहा है पर अब और पचाना सम्भव नहीं है। कल्पनां के रंगीन पंखों पर उड़ती हुई 'मैं' न जाने कहाँ से कहाँ पहुँच जाती हूँ। लगता है मेरे जीवन का समस्त सौन्दर्य, समस्त आनन्द अपनी पराकाष्ठा को छू रहा है। मैं बहुत प्रसन्न हूँ नीलू, और जानती हूँ मेरी इस ख़ुशी से तू भी झूम उठेगी। बोल, अब तो तूने मुझे क्षमा कर दिया न? और हाँ, मिठाई कब खिला रही है मौसी बनने की ख़ुशी में...

तुझे मेरा ढेर-सा प्यार-

तेरी कम्मो

✦

दिल्ली
21.12.58

प्यारी नीलू,

तेरा प्यार भरा आशीर्वाद और शुभकामनाएँ मिलीं। हर रोज़ चाहने पर भी आज इतने दिनों बाद कुछ लिख पा रही हूँ। पर सच, इस बार मेरा आलस्य नहीं, तेरी यह नन्ही-सी गुड़िया उत्तरदायी है इस देरी के लिए। सच नीलू, जिस दिन से यह आयी है, मेरी तो दुनिया ही बदल गयी। पहले ख़ुशी के साथ थोड़ा डर भी लगता था पर अब तो हँसी आती है अपनी उस भोली मूर्खता पर। इसे पाकर जैसे जीवन पूर्ण हो उठा है। पहले तो मैं अधूरी थी। माँ बनकर इस नाज़ुक-सी कली के रूप में मैंने जो पाया है उससे मेरा रोम-रोम तरंगित हो उठा है। जब अपने गोरे-गोरे हाथ उठाकर अपनी बड़ी-बड़ी कजरारी आँखों से मेरी ओर टुकुर-टुकुर ताककर, खिलखिलाकर हँस पड़ती है नीलू, तो मेरा अन्तर गा उठता है, 'हे भगवान, यह सदा यूँ ही खिलखिलाती रहे।'

तूने नाम पूछा है। बहुत सोच-समझकर, ढूँढ़कर हमने नाम रखा है–'मिलन'। है ना प्यारा-सा, पर उतना नहीं, जितनी वह स्वयं है। कोई भी एक नाम, इसके समस्त सौन्दर्य, भोलेपन और दिव्यता को व्यक्त करने में समर्थ हो सकेगा...सोच नहीं पाती, इसीलिए न जाने कितने नाम रख डाले हैं मैंने और इन्होंने अलग-अलग। अब मौसी को भी तो कोई नाम रखना चाहिए। तो बोल, कब आ रही है मेरे इस सुनहरे संसार की नन्ही-सी परी को देखने? अरे देख, वह तो सचमुच ही तुझे चिल्ला-चिल्लाकर पुकार रही है। अब चलूँ, उसे समझा दूँ, 'मौसी जल्दी ही आने वाली है, ज़्यादा शोर न कर।'

तुझे हम दोनों का बहुत-सा स्नेह–

तेरी कम्मो

✦

दिल्ली
18.12.63

प्रिय नीलू,

जीवन में कभी मैं इतना टूट जाऊँगी, इतनी बिखर जाऊँगी, इसकी स्वप्न में भी कल्पना न थी। आज भी सब कुछ वैसा ही है पर मैं वह मैं नहीं रही। मेरे जीवन का सबसे सुन्दर सपना टूट गया है, नीलू! अब मेरे लिए कभी वैसी रातें न आयेंगी, कभी वैसा दिन न निकलेगा जैसा 5 अक्टूबर की सुबह निकला था।

हाँ, वही तो आख़िरी रात थी जिस दिन वह मेरे पैरों पर अपने नन्हे-नन्हे पाँव रखकर परियों के देश की कहानी कहते और 'चाँद-किरन-सी गुड़िया नाजो की है पाली' सुनते-सुनते मीठी नींद में खो गयी थी। वही तो आख़िरी सुबह थी जब मेरे गले में अपनी बाँहें डालकर मुसकराते हुए अपनी उनींदी आँखें खोली थीं। वही तो आख़िरी घण्टे थे जिनमें वह अपने नन्हे भैया के पीछे दीदी बनकर दौड़ी थी। उसे खिलाया था, दुलराया था और मैंने अन्तिम बार उसे नहलाकर रंग-बिरंगे फूलों वाला

फ्राक पहनाया था। उसके सुनहरे बालों में लाल रंग का रिबन बाँधा था और फिर मौत का बुलावा आ गया। मेरी वह नन्ही-सी गुड़िया कुछ ही क्षणों में नष्ट-भ्रष्ट हो गयी और मैं खड़ी रह गयी फटी-फटी आँखों से उसके छिन्न-भिन्न शरीर को देखती, उसके हृदय दहलाने वाले अन्तर्नाद को सुनती। हाँ, नीलू, पत्थर का कलेजा कर ले मेरे हृदय के टुकड़े का अन्त सुनने के लिए। आज सब कुछ एक कहानी-सा लगता है—उसे पाना और खोना। हर रोज़ इस कहानी को आदि से अन्त तक दोहराती हूँ—न जाने कितनी बार। आज तुझे भी सुनाऊँगी।

हाँ, याद आता है, हम कश्मीर जाने वाले थे और वह वहाँ के सपनों में खोयी हुई मुझसे कहती, "आज हमारे जाने का एक महीना है, आज बीस दिन, आज दस दिन, आज पाँच और अब बस दो दिन रह गये हैं। मम्मी, फिर हम पहाड़ों पर घूमेंगे, पोनी पर चढ़ेंगे। नयी-नयी माला और अँगूठी लाऊँगी वहाँ से और फिर लौटकर अपने नये स्कूल जाऊँगी, नीली ड्रेस पहनकर, नयी अटैची लेकर।" उस दिन हमारे जाने में केवल दो दिन रह गये थे। यह बात उसने कितनी बार दोहराई थी और तभी मेरी मकान-मालकिन ने मुझे आवाज़ दी थी। लकड़ी का पार्टीशन खोलकर मैं गयी और मेरे पीछे-पीछे मेरे दोनों नन्हे-मुन्ने। किसने सोचा था अन्तिम बार वह मेरे घर की दहलीज़ पार कर रही थी। किसने जाना था अब वह कभी वापस लौटकर नहीं आयेगी। मौत का दरवाज़ा खुद मैंने अपने हाथों से खोला था, नीलू, दोष किसको दूँ? दस मिनट बात करके मैं तो लौट आयी, पर वह कभी न आ सकी। कुछ क्षणों के बाद ही जब उसकी हँसी चीख़ में बदल गयी और मैं दौड़कर वहाँ पहुँची तो वज्र टूट चुका था। मैं लुट चुकी थी और मेरी बच्ची असह वेदना से तड़प रही थी। हाँ नीलू, मेरी वह फूल-सी कोमल कली, खौलते पानी से भरी बाल्टी में गिर गयी थी। नहाने के लिए गर्म पानी से भरी बाल्टी चौक में रखकर मकान मालकिन का लड़का तौलिया लेने अन्दर चला गया और छोटे भैया की पकड़ से बचने के लिए पीछे हटती मेरी नन्ही- सी बच्ची उसमें जा गिरी।

ओह नीलू, जब तक मैं ज़िन्दा हूँ, वह दृश्य कभी नहीं भूल पाऊँगी। छाती से लेकर घुटनों तक मेरी अभागी बेटी बुरी तरह जल गयी थी और

तड़प रही थी जल से निकाली मछली की तरह और फिर 15 दिन, 15 रात इसी तरह तड़पती रही, सिसकती रही। अपनी इस अथाह वेदना और तड़पन के बीच मेरे आँसू पोंछती रही, मुझे दिलासा देती रही, "रोओ नहीं, मम्मी! मैं ठीक हो जाऊँगी, तुम्हारे साथ घर चलूँगी।" मेरे आँसू देखकर उसका दिल फटने लगता था नीलू, और वह सवा पाँच साल की छोटी-सी बालिका अपनी चीखें रोककर अपने होंठों को दाँतों से काटकर मुझसे कहती थी, "रोओ नहीं मम्मी, तुम इतना रोती क्यों हो...लो, मैं भी चुप हो जाती हूँ।"

नीलू, उसका दर्द कोई नहीं जान पायेगा। जो अथाह पीड़ा उसने अपनी नन्ही-सी जान पर उन तीन सौ साठ घण्टों में सही उसका अनुमान करना सम्भव नहीं। उसके शरीर का एक-एक फफोला मेरे हृदय का घाव बन गया है जो यूँ ही रिसता रहेगा उम्र भर। वह अस्पताल, वह छाती से लेकर घुटनों तक पट्टियाँ, सैकड़ों इंजेक्शन और दवाएँ, प्लाज्मा और ग्लूकोज की बोतलें और इन सबके बीच उसका पीड़ा से जर्जरित पीला चेहरा...क्या कभी भूल सकूँगी? नहीं नीलू, उसे भूल जाना सम्भव नहीं किसी भी तरह। यह दर्द ही तो उसकी धरोहर के रूप में मेरे पास रह गया है जिसे सीने से लगाये मैं ज़िन्दा हूँ। हाँ, नीलू, मैं चाहकर भी उसके साथ मर न सकी। मुझे ज़िन्दा रहना ही होगा, उसके डैडी के लिए जिन्हें वह बहुत प्यार करती थी, उसके छोटे भैया के लिए जिसे वह पाँच साल की होकर पच्चीस साल की दीदी की तरह लाड़ लड़ाती थी। वह मुझे जीना सिखा गयी है, सहना सिखा गयी है। शायद वह इसीलिए आयी थी। यदि वह इतना सह सकी, अपनी उस दारुण वेदना के बीच मेरे आँसू पोंछ सकी, अपनी गहन तड़पन, पीड़ा दबाकर मेरे लिए मुसकरा सकी तो मैं भी जीऊँगी, सहूँगी, मुसकराऊँगी। भले ही मेरी मुसकराहट में उदासी बसी हो, भले ही मेरी हँसी उतनी उन्मुक्त न हो जैसी हुआ करती थी। सवा पाँच साल जो खेल उसने मेरे आँगन में खेले, उनकी अनुभूति में ही मेरे जीवन का अमृत है नीलू, यह मुझे ज़िन्दा रखेगा। उसे पा लेने का वरदान, उसे खो देने की निराशा और तड़पन में मुझे साहस, शान्ति देगा। स्कूल से लौटती हुई छोटी-छोटी लड़कियों को देखकर जी चाहता

है, दौड़कर गले से लगा लूँ, प्यार करूँ। आज हर बच्ची में मुझे अपनी 'मिलन' दिखाई देती है। वह सदा यूँ ही याद आयेगी नीलू, जब किसी को दुल्हन बनकर डोली में बैठते हुए देखूँगी तब भी, और जब उसका नन्हा भैया बहू लायेगा और वह हाथों में फूल लेकर रास्ता रोककर खड़ी नहीं होगी, उस वक़्त भी मेरा हृदय उसी को पुकारेगा। और हाँ, नीलू, उस दिन भी–जिस दिन मेरा जीवन-दीप बुझने वाला होगा...जब मैं इस दुनिया से जा रही होऊँगी...तब भी मेरी थकी आँखें उसी को ढूँढ़ेंगी, और मैं शान्ति से मर सकूँगी इसी विश्वास में कि जिससे एक बार 'मिलन' हुआ था, जीवन-पर्यन्त जिसे आँखें खोजती रहीं, हृदय पुकारता रहा, शायद मृत्यु में ही उसे फिर से पा जाऊँ।

तेरी कम्मो

इलाहाबाद विश्वविद्यालय की यादें

परिचय—बी.ए. इलाहाबाद विश्वविद्यालय, 1953
एम.ए. आगरा यूनिवर्सिटी, 1956

कहानियाँ, लेख—धर्मयुग, वामा, सरिता, फेमिना, शिक
ड्रामे, कहानियाँ, वार्ता—दिल्ली, बम्बई रेडियो स्टेशन विविध भारती
ड्रामे कैम्पियरिंग—दिल्ली, बम्बई दूरदर्शन-टी.वी. पर 13 पार्ट का सीरियल 'तृष्णा' तथा राज कपूर की फ़िल्म 'प्रेम रोग' तथा यश चोपड़ा की 'चाँदनी' की कहानी जो बन रही है।

यादों के झरोखे से पीछे मुड़कर देखती हूँ तो बार-बार एक लाइन याद आती है, "जाने कहाँ गये वो दिन..." हाँ वो मस्ती और अल्हड़ बेफ़िक्री के दिन जब न नमक, तेल, लकड़ी से मतलब था, न बढ़ती हुई महँगाई की चिन्ता... बस हम और हमारी किताबें... जब दोस्ती, सहेलियाँ बात बिन बात खिलखिलाकर हँसना ज़िन्दगी की बहुत बड़ी ज़रूरतें थीं, इन्हीं के सहारे दिन, महीने, साल पंख लगाकर उड़ गये और छोड़ गये वो मीठी सोंधी यादें, जिनकी ख़ुशबू आज भी तन मन गुदगुदा जाती है–

1951 में इंटर पास किया तो मन में एक ही तमन्ना हिलोरें ले रही थी, बी.ए. किसी यूनिवर्सिटी से किया जाये, लेकिन कानपुर में विश्वविद्यालय तो था नहीं और तभी "बिल्ली के भाग्य से छींका टूट गया।" मेरे भाईसाहब का तबादला इलाहाबाद हो गया और मैं खुशी से झूम उठी। मुँह माँगी मुराद जो मिल गयी थी, लेकिन मेरे इंजीनियर भैया को चार्ज देते लेते दो महीने निकल गये और जब हमने इलाहाबाद में क़दम रखा तो अगस्त का महीना बीत चुका था।

"दो महीने से क्या आप सो रहे थे... इस वक़्त दाख़िला मिलना नामुमकिन है।" रजिस्ट्रार साहब ने एक ही बार में मेरा दिल टुकड़े-टुकड़े कर दिया, रोनी सूरत लेकर वापस लौटी तो लेक्चर ज़हर की तरह कड़वे लग रहे थे। "कम-से-कम इतना तो करतीं कि फार्म मँगा एप्लाई कर देतीं, अब जाओ विद्यापीठ में या प्राइवेट दो।" मेरे आँसू देखकर भाभी को मुझ पर तरस आ गया, उन्होंने दो साल पहले यहीं से बी.ए. किया था। रजिस्ट्रार साहब को थोड़ा-बहुत जानती थीं। मुझे लेकर अगले दिन उनके दफ़्तर पहुँचीं, इसके पहले कि वो "ना" करते मैंने फूट-फूटकर रोना शुरू कर दिया...शायद बेटियों वाले थे बेचारे, मेरा रुदन उनसे सहन नहीं हुआ बोले, "रोना बन्द करो और बोलो क्या विषय लेने हैं?"

"हिन्दी लिटरेचर, इंग्लिश लिटरेचर..."

"दो-दो लिटरेचर, सोच लो अगले महीने परीक्षा है, किसी में रह गयीं तो नाम कट जायेगा... इसी शर्त पर दाख़िला दे रहा हूँ।"

मैंने उनकी शर्त खुशी से स्वीकार कर ली और चारों तरफ़ निगाह दौड़ाई...एक-से-एक सुन्दर, स्मार्ट, फैशनेबल लड़कियाँ 'वूमेन्स डिपार्टमेंट' की शोभा बढ़ा रही थीं। इंग्लिश लिटरेचर की क्लास में फर्राटे से इंग्लिश झाड़ने वालों से साक्षात्कार हुआ। ज़ाहिर था ये सब 'कान्वेंट एजुकेटेड' बालिकाएँ थीं। उनकी बातचीत, चालढाल, तौर-तरीक़ों से आत्मविश्वास टपक नहीं, तीव्र गति से बह रहा था...। हिन्दी साहित्य में

ऐसी कन्याओं से भेंट हुई जिन्हें अपनी भाषा, संस्कृति पर अथाह गर्व था। उनकी लम्बी चुटिया, गोल बिन्दी, मोटा काजल और चुनरी प्रिंट की साड़ी ओपोजिट कैम्प वालों के कटे बालों, सोफिस्टिकेटेड कपड़ों और ऊँची एड़ी के सैंडिलों को अँगूठा दिखा रही थीं... बस एक ही फाँस थी जो मातृभाषा प्रेमियों के गले में अटकी हुई थी...जब 'कानवेंट वाले' धुआँधार अंग्रेज़ी उड़ाते तो ये बेचारे महाज्ञानी होते हुए भी चुप रहने पर मजबूर हो जाते, सोच-विचार के पश्चात् हम उस ग्रुप में शामिल हो गये जिनका 'मोटो' था— "इनजॉय द बेस्ट ऑफ़ बोथ द वर्ल्ड्स।"

हिन्दी साहित्य की दुनिया जानी-पहचानी थी। शुरू से ही कहानी, नाटक, उपन्यास पढ़ने का बड़ा शौक़ था। यदाकदा क़लम चलाने की हिम्मत भी कर लेते थे। शैल जी और श्रीमती त्रिपाठी ने इस हिम्मत को बढ़ावा देकर हमारा उत्साह दुगुना कर दिया...'उसने कहा था' दसवीं से लेकर एम.ए. तक हर क्लास में पढ़ी थी, उसकी एक-एक पंक्ति दिल-दिमाग़ में बस गयी थी। "काश एक ऐसी कहानी मैं भी लिख पाती।" "अच्छा लिखती हो" शैल जी बड़े प्यार से कहतीं "बस लिखती रहो, क़लम, कागज़ लेकर बैठोगी तो भावनाओं को रंग रूप मिल जायेगा... पढ़ने-लिखने की आदत ज़िन्दगी भर साथ देती है... जब एक-एक करके सब साथी छूट जाते हैं। तब भी..."

इंग्लिश लिटरेचर शुरू में ज़रा टेढ़ी खीर थी, ड्रामा पढ़ाती थीं सौम्य, शान्त मिस पाठक, सदा मुसकराती प्यार से समझातीं। प्रोज मिस डे का विषय था जो बेहद स्टाइल में रहतीं, बड़े स्टाइल से पढ़ातीं और गर्दन टेढ़ी करके चलतीं। सबसे बड़ी उलझन थी 'पोइट्री'—श्रीमती घटक के गुस्सैल स्वभाव की उग्रता के बारे में इतना सुन चुकी थी कि जब उनकी क्लास में घुसी तो दिल ज़ोर-ज़ोर से धड़क रहा था। मारे घबराहट के प्रश्नों का उत्तर देना कठिन हो गया, उन्होंने डाँट पिलाने में देर नहीं लगायी। दो महीने लेट जो पहुँची थी, इससे ज़ाहिर था मैं पढ़ने-लिखने

के बारे में सीरियस नहीं थी। सिर्फ़ शादी के लिए डिग्री बटोरने और लोगों को इम्प्रेस करने के लिए मैंने इंग्लिश लिटरेचर लिया था, जो मेरे बस का रोग नहीं था। अगले महीने होने वाले इम्तहान में मैं अवश्य फेल हो जाऊँगी... इतनी झाड़ के बाद जब मैं अगले दिन सेमिनार के लिए उनकी क्लास में पहुँची तो मेरा हैरान-परेशान चेहरा देखकर शायद उन्हें मुझ पर तरस आ गया। मुझसे तो कुछ नहीं पूछा, पर जिनसे पूछ रही थीं उनकी मूर्खता, रोटन इंग्लिश, बेहूदा उच्चारण और अंग्रेज़ी भाषा के अपमान पर जो भाषण हो रहे थे, उन्हें सुनकर मुझे पसीना आ गया।

अगले दो महीनों में मेरा डर और उनकी शंकाएँ दूर हो गयीं। मैं इम्तहान में पास हो गयी थी, काफ़ी अच्छे नम्बरों से। सेमिनार में डिस्कशन में हिस्सा लेती थी और सबसे ज़्यादा ख़ुश इसलिए हुई कि हर साल मैंने डेलिगेसी के ड्रामों, एनवल फंक्शन में बड़े उत्साह से भाग लिया। साथ ही मैंने यह भी महसूस किया, व हमें डाँटती भले ही थीं उन्हें हमसे प्यार भी था। वो चाहती थीं कि हम जिस भाषा में बी.ए. की डिग्री लेना चाहते हैं उसकी गहराई और सुन्दरता को समझें,। उसे ठीक से लिखें, ठीक से बोलें... शेली, कीट्स, वायरन की कविता की उदास चुभन, वर्ड्सवर्थ, मिल्टन के शब्दों का सौन्दर्य अन्दर तक महसूस करें... पढ़ाते-पढ़ाते वो ऐसी भावविभोर हो उठतीं कि हमें लगता हम कुछ देर के लिए उन्हीं वादियों में पहुँच गये हैं, जहाँ का ज़िक्र कवि कर रहा है।

वार्षिक उत्सव के नाटक की तैयारी हम महीनों पहले शुरू कर देते और फिर वह दिन आ ही जाता जब सज-धजकर स्टेज पर उतर जाते... हमारी आवाज़ें दर्शकों की प्रशंसा और फिर तालियों की गड़गड़ाहट... बधाइयों का सिलसिला... वक़्त की परतों में सब कुछ पीछे छूट गया, रह गयी हैं कुछ यादें और तस्वीरें... हाथ में डिग्री लिए, काला गाउन पहने भविष्य की ओर टकटकी लगाये एक दुबली-पतली सी लड़की... सन्

1953 इतना दूर होते भी कितना पास है, जब जी होता है हाथ बढ़ाकर छू लेती हूँ।

इलाहाबाद यूनिवर्सिटी के आँगन में बिताये वो दो सुनहरी साल जीवन की ऐसी गुलाबी सुबह थी जो मन में हज़ारों सपने-उम्मीदें जगा गयी... ज़िन्दगी के प्रति ऐसा प्यार भरा उल्लास कि एक पिक्चर देख आये तो हफ्तों उसके खुमार में डूबे रहे, बाज़ार हो आये तो त्यौहार मन गया, नयी साड़ी पहन कर (चाहे वह भाभी या जीजी से उधार ही ली हो) किसी सहेली के यहाँ हो आये तो पिकनिक हो गयी... बड़ा-सा जूड़ा बाँधकर हल्की-सी लिपस्टिक या परफ्यूम लगा ली तो इस होशियारी से कि लिपस्टिक दिखे नहीं, सेंट महके नहीं, क्योंकि दोनों चीजें भाभी की ड्रेसिंग टेबल से चुराई जाती थीं तो फैशन की पराकाष्ठा हो गयी।...लम्बे क़द का ऐसा शौक़ कि सिविल साइंस के चाइनीज शू मेकर से तीन इंच एड़ी के सैंडिल बनवा डाले जो सिर्फ़ मेरी एड़ी में ही नहीं फ़ैशन ख़िलाफ़ सहपाठिनों की आँखों में भी चुभते थे... इसके पहले कि मैं अपनी ऊँची एड़ी के सैंडिल, उधार की साड़ी और चुराई हुई लिपस्टिक, परफ्यूम लगाकर 'वूमेन्स डिपार्टमेंट' पीछे छोड़कर 'लवलेन' से होती हुई 'कॉमन डिपार्टमेंट' में पहुँचती, एक अच्छा घर और वर देखकर शादी के मण्डप में बैठा दी गयी... बड़ी ख़ुश थी मैं, इलाहाबाद विश्वविद्यालय से एम.ए. न कर पाने का दुख एक लम्बे, गोरे, हीरो टाइप पति हासिल करने के सुख के सामने हल्का महसूस हो रहा था। तब इससे ज़्यादा की सोचते भी कहाँ थे... लड़कियों की पढ़ाई-लिखाई नौकरी या पद की इच्छा से नहीं... अच्छे घर और वर प्राप्ति की भावना से होती थी और वो मुझे मिल गये थे।

स्ट्रैची रोड, सिविल लाइंस, यूनिवर्सिटी का जाना-पहचाना गेट, वूमेन्स डिपार्टमेंट, लाइब्रेरी, सेनेट ज़ॉल, म्यूजिक विभाग अतीत के कोहरे में खो गये। साथ रह गयी हैं, वहाँ की मधुर स्मृतियाँ और ये शब्द...

"लिखने-पढ़ने की आदत ज़िन्दगी भर साथ देती है, जब एक-एक करके सब साथी छूट जाते हैं तब भी।" 'उसने कहा था' जैसी सुन्दर कहानी तो नहीं लिख पायी किन्तु हृदय की भावनाओं को रूप-रंग देने की कोशिश जारी है, जिसे मैं इलाहाबाद विश्वविद्यालय और अपने गुरुजनों का आशीर्वाद समझती हूँ, उन्हें मेरा शतशत प्रणाम

—कामना चन्द्रा

❑❑